アンデッドに転生したので日陰から異世界を攻略します

不死者だけど楽しい異世界ライフを送っていいですか？

VOLUME
2
SECOND

Fukami Sei
深海 生
illust. 木々 ゆうき

主な登場人物
MAIN CHARACTER
デスピナ
ラザロスに仕える
死霊の賢者《リッチ》の女性。
影《かげ》山《やま》人《ひと》志《し》｜ジン
過労が祟って、屍人《ゾンビ》として
異世界に転生した社畜サラリーマン。
不死の体を持つが、日光に弱い。
デメテル
馬人族《ウェアホース》の長。
白馬に変身する能力を持つ。
アヌビス
一見すると普通の犬だが
周囲からやけに恐れられている。

ラザロス
屍術王《ネクロマスター》として名を轟かせる
アンデッド。屍粉《ゾンビパウダー》を使って
恐るべき研究をしている。
ハンゾウ
ジンの配下の鼠人《ウェアラット》。
見た目通りの肉体派。
アヤメ
ジンの配下の鼠人《ウェアラット》。
ギャルっぽくてノリが軽い。
サスケ
最初にジンの配下になった鼠人《ウェアラット》。
主に心酔するあまり、過激な言動が目立つ。
チヨメ
ジンの配下の鼠人《ウェアラット》。
真面目な性格。

第一章　強大な敵が攻めてきました

過労死した結果、異世界に転生した僕――ジンは、アンデッドとしてピラミッドの中で目を覚ました。

魔物を倒してレベルを上げ、なんとかこのダンジョンを脱出した僕は、人目と日差し――アンデッドは日光が苦手なのだ――を避けて、未開の樹海《じゅかい》を目指す。

その道中、馬人族《ウェアホース》の族長デメテルと出会い、なし崩し的に彼女達を庇護《ひご》することになったわけだけど……

樹海ではアンデッドの軍勢が勢力を拡大していて、馬人族《ウェアホース》の村も襲われてしまう。

僕らは激闘の末、アルバスという死霊の賢者《リッチ》をなんとか撃退したが、戦闘による被害は決して小さくなかった。

「……まったく、ひどいもんだ」

馬人族《ウェアホース》の避難場所から村へと移動した僕は、被害状況の確認のために村の中を見て回っていた。

昨日アンデッド軍との戦いには勝利し、一旦馬人族《ウェアホース》の危機は去ったものの、村を構成する柵《さく》や家、畑、井戸などがことごとく破壊されている。

これから村の復旧を進め、ゾンビ化が進む馬人族《ウェアホース》の戦士を救う方法も見つけなくてはならない。

また、アンデッド軍の指揮官だったアルバスには、上司がいるらしい。

たしか、屍術王《ネクロマスター》とか言っていたな。

たいそうな二つ名だ。こいつもそのうち攻めてくるんじゃないかと思うと、気が滅入《めい》る。

大体、僕はそんなやつらと戦いたくて樹海に来たんじゃない。未開の地だっていうから、なんか面白そうだと思って探検に来ただけだ。

アンデッドだから、いくら働いても疲れないとはいえ、このままじゃ働いてばかりの社畜だった前世と変わらない。

……でも、そんなのは嫌だ。僕はこの樹海を絶対に楽しんでやる！

「ジン様、いきなり両手を突き上げて、どうされたのです？」

「うわっ！　い、いたんだ、デメテル!?」

白い髪の少女が首を傾《かし》げて不思議そうにこちらを見ていた。

「気持ちを新たに、これから頑張ろうと思ってね……？」

「なるほど。不安なことばかりですが、一緒に頑張りましょう！」

デメテルは胸の前で両手の拳《こぶし》をぎゅっと握《にぎ》る。

「そ、そうだね。ちなみに、村を元に戻すのに、どのくらいかかりそう？」

「完全に……となると、短く見積もっても、半年以上はかかると思いますわ……」

半年？　なんてこった……

部下の不始末は上司の責任というのが世間の常識だ。アルバスの上司の屍術王《ネクロマスター》には、そのうち仕返ししてやるとして、僕らは今できることをやっていかなきゃな。

「柵が壊れているから、僕がそれっぽいのを造るよ」

「……と言いますと？」

「まあ、見ていてくれ！」

僕はそう言ってニヤリと笑い、村の外に出た。

元々この村は木製の柵で囲まれていたけど、アンデッドには簡単に破壊されてしまった。

もう少し強度が欲しいから、素材は木より丈夫な岩がいいだろう。

村全体を覆う感じで、高さは二メートルってところか。

僕は【身体強化《しんたいきょうか》】を使って地面を踏み込み、上空に高くジャンプした。

二十メートルくらいは飛んだだろうか。とりあえず、村全体が俯瞰《ふかん》で見渡せる高さに達した。

さて、上手く行くかな？

僕は指をパチンと鳴らして【大地牙《アーススパイク》】の魔法を発動し、【魔法制御《まほうせいぎょ》】でその形状を操作する。

ゴゴゴゴゴゴゴゴォォォォオオオオオ！

地鳴りのような音が辺りに響き渡り、地面から先端の尖《とが》った岩が次々と迫り上がる。

この魔法は、文字通り地面から牙《きば》の形状をした岩が出現するというものだ。

今回は上空にまっすぐ伸びる杭《くい》の形状をイメージして、それが隙間なく並ぶようにした。

ほぼイメージ通りになったな。頑丈そうだし、結構いいんじゃないか？

魔法って自由度が高くて、工夫次第で色んなことができる。そのあたりが便利で楽しいんだよな。

スタッと地面に降り立つと、村の中が大騒《おおさわ》ぎになっていた。

デメテルと三人の従者達が僕のもとに駆け寄ってくる。

「こ、これはジン様が⁉」

「そうだけど、驚かせちゃった？」

「はい、とても……ですが、なんて立派な柵でしょう。以前とは比較になりませんわ。ありがとうございます！」

デメテルの表情が明るくなる。少しは役に立てたみたいだ。

「そろそろ町に行こうと思うんだけど」

昨日デメテルと話し、アンデッドに対抗するための装備やアイテムを町で整えることにしていた。

こういった準備は早い方が良い。

それに、異世界で初めての町だから、ちょっと楽しみだ。

「はい、いつでも大丈夫ですわ……ふふっ、なんだか楽しそうですわね、ジン様？」

「そ、そう？」

バレてる。顔に出ていたか。

「では、参りましょう」

デメテルの言葉に頷《うなず》く。

「ジン様、どうかデメテル様をよろしくお願いします！」

そう声をかけてきたのはデメテルに仕《つか》える三人の従者のうちの一人、マリナだ。

「あれ、マリナ達は行かないの？」

「村人だけでは守りに不安があります。それに、私達ではデメテル様とジン様の移動速度について行けません。【獣化《じゅうか》】を使えるのはデメテル様だけですし、ジン様のように【身体強化】を使うこともできませんので……」

隣《となり》にいたソフィアが、申し訳なさそうに答えた。

【獣化】って、獣人なら誰でも使えるのかと思っていたけど、違うのか。デメテルだけが持つ特別な力ってことかな。

今度はエヴァが何やら神妙《しんみょう》な面持《おもも》ちで口を開く。

「ジン様、町の中は危険がいっぱい」

「ま、町なのに？」

「うん。あそこは少しでも気を抜くと……死ぬ」

そう言って親指で首を切るジェスチャーをする。

……どんな町だよそれ。「ヒャッハー！」とか叫《さけ》びながら暴れ回るギャングでもいるの？

「ジン様は馬人族《ウェアホース》ではないので、心配ご無用ですわ。さあ、参りましょう！」

……ん、どういう意味だろう？

デメテルは【獣化】で馬に変身すると、町に向かって走り出した。

理由を聞きそびれたけど、心配ないって言うならいいか。

町への道を知っている彼女に先導してもらい、僕は遅れないようにその後をついていく。

道中、特に事件は起きなかった。

強そうな魔物や気色悪い植物は山ほどいたが、【気配察知《けはいさっち》】で相手の位置を把握《はあく》すれば、避けることができた。


しばらく走ると、前方の木々の合間にぼんやりと町らしきものが見えてきた。

「ジン様、もうすぐ到着です」

走りながらデメテルが話しかけてきた。

「おお、ついに町か！」

「ただ、町に入る前に、一点だけ注意事項があります」

「何？」

「ジン様はアンデッド、つまり魔物ですので、そのまま町に入ることができません。門にいる守衛に止められ、連絡を受けた冒険者がすぐに駆けつけて来ます」

「ええ⁉　じゃあ、僕は入れないってこと……？」

「いいえ、大丈夫ですわ。ジン様は目さえ隠せば肌が青いだけの男性にしか見えません。私が町の道具屋で色付きの眼鏡《めがね》を買ってきますので、それで変装していただきますわ」

ほう、変装か。ちょっとわくわくするな。

ちなみに肌が青い人なんて、アンデッドくらいしか思いつかないんだけど、本当に大丈夫なのか……？　まあここはデメテルを信じるしかない。

「それでは、この辺で待っていてください」

「うん、頼んだ！」

デメテルは頷くと、【獣化】を解いて人型に戻り、町の門へと向かった。

そういえば、彼女はわざわざフードを被って行ったけど、アンデッドでもないのに、なんでだろう？　そんな疑問を抱きつつ、僕は誰にも見られないよう、樹海の木々に身を隠す。

デメテルは門で守衛に何かを見せて町の中に入り、十分くらいで買い物を済ませて戻ってきた。めちゃくちゃ早い。かなり急いでくれたみたいだ。

「こちらが眼鏡ですわ」

デメテルが渡してくれたのは、緑色の大きなレンズが特徴的な眼鏡だった。

このレンズ、ガラスとかプラスチックじゃないな。素材はなんだ？

「そちらはサファイアですわ。残念ながら、その色しかありませんでした。お気に召しませんでしたか……？」

「そ、そういうわけじゃないよ！　初めて見るから、何かなと思ってね。サファイアなんだこれ。高くなかった？」

「いえ、ジン様から受けたご恩に比べれば、たいしたことはありませんわ」

「そ、そう？　悪いね……」

サファイアなんて、絶対高いよな……

早速つけてみると、視界が緑に色づき、やや曇ったような感じになった。前世の眼鏡みたいに完璧な透明じゃない。

そして、僕もデメテルのようにフードを深く被る。目的はアンデッドが苦手とする太陽の光を防ぐのと、できるだけ顔を見られないようにするためだ。

「さあ、参りましょう！」

僕達は町の門へと向かった。

守衛とのやり取りはデメテルが対応してくれている。

身分証がない者は通行税がかかるらしく、銅貨を二十枚払わなければならない。

貨幣《かへい》の価値を知らないので、それが高いのか安いのか、全然分からない。

デメテルは身分証を持っているから、僕の分だけ必要とのこと。

この通行税もデメテルに払ってもらった。

非常に心苦しいが、僕はこの世界で流通しているお金を持っていないから、仕方がない。

何から何まで彼女には世話になっている。

手続きを済ませて門を通ろうとすると、守衛の一人に話しかけられた。

「おい、アンタ！」

……ぼ、僕のことか？　まさか、アンデッドだとバレた!?

「その格好もしかして、あのA級冒険者『緑眼《りょくがん》』のファンかい？」

……はい？　なんだ『緑眼』って。二つ名か？

どうやら僕の正体がバレたわけではないらしい。焦《あせ》った。

この守衛、何か勘違いしていそうだな。しかし、変に否定して疑われるのはよろしくない。ここは話に乗っかっておくか。

「……ほう、分かるか？」

「あん？　分かるも何も、アンタみたいな格好のやつばっかりだしなぁ。流行に乗って目立ちたいんだろうが、今はあんまり意味ねえぞ？」

「へ、へー。それは残念だなー」

こんなトンボの目みたいな眼鏡が流行《はや》っているだと？

意外だな……まあ目立たないのはむしろありがたいか。

ただ、知りもしない人のファンだと思われるのは、なんか嫌だ……

「突然声かけて悪かったな。さあ、行きな。エデッサにようこそ！」

守衛は歓迎の言葉で僕達を通してくれる。

エデッサの町に入ると、すぐに左右に続く大通りに出た。

通り沿いには露店や商店が所狭しと並んでいて、非常に賑《にぎ》わっている。

通りには色々な種族の人が歩いている。

基本的には普通の人間種――普人《ふじん》が多いが、獣人の姿もちらほら見える。魔物の姿はやっぱりなさそうだ。

キター！　これぞ異世界の町！　できることなら、隅から隅まで回ってみたい！

そういえば、ちらほら緑の眼鏡をつけた人がいるな。本当に流行っているらしい。

さて、装備やアイテムを整えるにはお金が必要だ。

ピラミッドで入手したアイテムや、樹海に来る前に倒した砂漠の魔物なんかを売れば、お金を作れるだろうか。【収納《しゅうのう》】スキルの異空間には、そんなモノが山ほど入っているのだ。

「デメテル。色々と持ち物を売りたいんだけど、そういう場所ってあるかな？」

「はい。通常のアイテムでしたら商人ギルドが、魔物の素材などでしたら冒険者ギルドがおすすめですわ」

「なるほど。じゃあまずは商人ギルドに案内してもらえる？」

「はい。こちらですわ」

道すがら、デメテルに通貨について聞いてみた。

「流通しているのは、銅貨や銀貨がメインですわ。金貨も高額な買い物をする時に使われます。銅貨百枚で銀貨一枚、銀貨百枚で金貨一枚と同等の価値になります。モノの値段は昼食が銅貨十枚程度、宿に素泊まりであれば銅貨二十五枚程度といったところですわ」

日本円で考えた場合、昼食を千円と考えると、銅貨一枚が百円ぐらいの計算だ。ということは、銀貨一枚が一万円で、金貨一枚が百万円の換算だ。金貨を利用することはまずなさそうだな。

通りをしばらく歩くと、右手に三階建てのレンガ造りの建物が見えてきた。道を挟んで反対側にも似たような建物がある。

「右手が商人ギルドで、左手が冒険者ギルドです。まずはこちらからですわ」

僕達は商人ギルドの建物に入っていく。

一階は広いフロアとカウンター、脇にはいくつかテーブルとソファが並んでいる。

カウンターは奥にあり、スーツを着た少し小太りの中年男性が受付をしている。

頭の上から十センチくらいの角が二本生え、耳は毛がふさふさだ。

顔は明らかに人だけど、特徴から見て牛系の獣人と思われる。

僕達はまっすぐカウンターに向かい、デメテルがその受付の職員に声をかけた。

「アイテムの買取りをお願いしますわ」

「はい。どんな物でも買取りいたしますので、お気軽にご相談ください」

どんな物でもか。それはありがたい。

【収納】を覗《のぞ》いてお金になりそうなモノを探していると、デメテルが何かを首から取り外してカウンターに置いた。

ペガサスのエンブレムがついた美しいデザインのネックレスだ。

デメテルもお金を作るつもりだったらしい。

それはいいとして、なんか気になるネックレスだな。

「もしかしてそれ、大切なものなんじゃない？」

肌身離さず装着していたみたいだし、デザインも馬人族《ウェアホース》と何か関連がありそうに見える。

「……はい、これは母の形見です。ですが今は資金を作ることが最優先。仲間の命には代えられませんわ」

　形見か……

　彼女の言い分はもっともだけど、売るべきものにも優先順位はある。形見はさすがにまだ売っちゃダメだ。

「実は僕、いらないアイテムを山ほど持っているんだ。それを売って、もしお金が足りなかったら、その時は頼むよ」

　僕はカウンターに置かれたネックレスをそっとつまみ上げ、デメテルの手に握らせた。

「そ、そんな……ジン様にこれ以上助けていただくわけには――」

「大丈夫、大丈夫。僕の庇護下に入ったんでしょ？」

　冗談っぽくそう言うと、デメテルは苦笑してゆっくり頷いた。

　よぉし、思う存分いらない物を処分しよう！

　正直【収納】の中は物で溢《あふ》れている。

　欲しい物を思い浮かべればすぐに取り出せるので、あまり問題はないが、それでもちゃんと整理はしたい。僕は、机の上はできるだけ綺麗《きれい》にしておきたいタイプなのだ。

　まずはピラミッドで見つけたハルカリナッソス銀貨ってやつを見せてみるか。

　ちなみに銀貨は五十枚あって、金貨は五枚ある。

　記念硬貨らしいし、ゲームで出てくる換金アイテムみたいなものだよな。持っていても全く効果がないやつだろう。

「まずはこれなんだけど」

銀貨を一枚取り出し、カウンターの上に置く。

「こちらは……古い記念硬貨のようですね。拝見いたします」

受付職員の男性が銀貨を手に取る。しかし、品定めを始めて十秒くらいで、タラタラと汗を流しはじめた。

そして足早にカウンター裏の事務所に入ると、別の職員を連れて戻ってきた。

その職員はスリムな体形の中年男性で、普人らしい。彼は先ほどの職員と同様に、銀貨を手に取って、品定めを始めた。そして、彼もまた十秒ほどでダラダラ汗を流しはじめる。

彼らは小さい声で二言三言会話すると、普人の職員はこちらに一礼して部屋へ戻っていった。

「すみません、大変お待たせしました。こちら大変珍しいお品物でしたので、少し確認に時間がかかってしまいました」

受付の職員は謝罪の言葉を口にすると、こう質問してきた。

「念のため確認ですが……こちら、盗品などではございませんでしょうか？」

「いや、盗んだものではないよ？　砂漠にあるピラミッドの宝箱から出たアイテムだし」

「なんと……!?　『緑眼』様のファンの方のようですが、あなたも高名な冒険者なのですか？」

「こちらの方は冒険者ではありません。身分なら私が保証しますわ」

デメテルが僕の代わりにそう答えると、先ほど守衛に提示した身分証を職員にも見せた。

「なるほど、では問題ございませんな。商人ギルドには盗品が持ち込まれることも少なくないのです。大変お手数をおかけしました」

職員は小さく頭を下げる。

次に顔を上げると、彼の目つきが商人らしく鋭《するど》いものに変わっていた。

「早速ですが……こちらの品、いくらで売ってくださるのでしょう？」

……え、そっちが提示してくれるんじゃないの？　相場なんて全く分からん……

珍しいって言うから、今の銀貨の二、三倍くらいにはなるのかな？　あるいはそれ以上？

よし、ここは吹っかけてみるか。

「ま、まあ銀貨十枚くらいで――」

「金貨十枚ですわ」

……えー!?　会話に割り込んできたデメテルが、いきなりとんでもないことを言い出した。

金貨十枚って日本円だといくらだ？　金貨一枚が百万円相当だから、十枚で一千万円だ。それはありえないでしょ!?

職員がまた凄《すご》い汗をかきはじめちゃったぞ。

「……そ、それはあまりにも高すぎます」

だよねぇ。デメテル君、それはいくらなんでも吹っかけすぎというものだよ？

滴《したた》る汗をハンカチで拭うと、職員はデメテルの顔色を窺《うかが》いながら口を開いた。

「……き、金貨一枚で良ければ、買取りが可能です」

……え？　それでも十分高くないか？

「金貨五枚なら考えてもいいですわ」

「そ、それでは私どもが赤字になってしまいます！　金貨三枚で、なんとかお願いできないでしょうか……？」

「……いいですわ。では金貨三枚で手を打ちましょう」

ほ、本当に？　銀貨一枚が金貨三枚に……？　信じられない……

「それでは早速、代金の準備をして参ります」

「……あ！　全部で五十枚あるので、これも換金してもらえるかな？」

僕は【収納】から銀貨を全て取り出して、カウンターにじゃらじゃら置いた。

正直、持っていても意味がないから、全部売ってしまいたい。

しかし、デメテルと受付の男性は銀貨の山を見ながら唖然《あぜん》としている。

「も、もしかして、ちょっと多すぎる……？」

僕の言葉で受付の男性はハッと気を取り直し、商人の顔に戻った。

「ま、全く問題ありません！　むしろ、私どもを売り先に選んでくださり、ありがとうございます！　しっかり数えて、代金を準備しますね！」

職員はかなり興奮しながら事務所に入っていった。

こんな大金で売れるなんて、予想外だ。なぜか感謝までされたな。

……なんかアイテムを売るのが楽しくなってきたぞ！

「まだまだいらないものがあるんだ！　次は何を売ろうかなぁ？」

「ジ、ジン様!?　もう十分ですわ！」

デメテルが凄い形相《ぎょうそう》で止めてくる。でも、お金、足りるかな？

えーと、ハルカリナッソス銀貨一枚が金貨三枚、つまり三百万円相当だ。

それが五十枚だから………い、いちおくごせんまん!?

とんでもない額じゃないか！

「そ、そうだね！　もうやめておこう！」

まだ金貨も持っているけど、出したら大変なことになりそうだな……

近くのソファで待っていると、受付の男性が袋を持ってきた。

これに金貨百五十枚が入っているのか。怖いからすぐに【収納】に入れた。

「お名前は、ジン様でよろしいですかな？　どうぞ今後ともご贔屓に！」

職員に手を掴《つか》まれて、ぶんぶん握手される。目がマジだ。社交辞令じゃないぞ、これ。

「こ、こちらこそ、またよろしく！」

僕とデメテルがギルドを出ようとすると、別の職員も出てきて、わざわざ見送ってくれた。

あっちも喜んでいたし、僕も満足だし、お互い良い取引ができたな。

「ジン様、先ほどは驚きましたわ！　あのような高価なものを何枚もお持ちだったなんて」

「僕も価値を知らなかったから、驚いたよ！」

「なるほど、そうでしたか。どうやらあの銀貨は、かなり希少価値があるようですね」

デメテルは顎《あご》に手を当てて、考えるような仕草をする。

「デメテルも相場を知らなかったの？」

「はい、全く知りませんでしたわ。職員の方の反応を見て、非常に価値のあるものだと推測しました。勝手ながら高めの金額を言ってみたところ、あまり外れていなかったようでしたわ」

「凄いよ、デメテル。本当に助かった！」

僕が褒《ほ》めると、デメテルは恥ずかしそうにフードで顔を隠した。

「いえ、たまたまですわ……そ、それはそうと、せっかくですので冒険者ギルドでジン様の冒険者証をお作りになられてはいかがでしょう？　作成はすぐに終わりますわ」

「おお、そうなんだ。じゃあ行こう」

デメテルは値段交渉もできるし気が利くしで、賢い子だなぁ。年下ながら尊敬に値《あたい》する。


その後、僕らは商人ギルドの正面にある冒険者ギルドを訪ねた。

冒険者には少なからず憧《あこが》れを持っていたから、楽しみだ。

ギルドの中は、入って右手に掲示板があり、依頼書と思われる紙がポツポツと貼ってある。

奥にはカウンターがあり、冒険者登録や依頼の受付、素材の買取りなんかをやっているらしい。

左手側はレストラン兼酒場になっているようで、イカつい集団が昼間から酒を飲んでいる。

ここにも僕と同じ『緑眼』ファッションの人がいた。

何かニヤッとして目礼されたから、こっちも返したけど、僕はファンじゃない。

しかし、全体的にいいね！　まさに冒険者ギルドって感じで、たまらん！

冒険者登録のためカウンターに向かうと、そちらから用事を終えたらしい冒険者の集団が近づいてくる。

狼のような耳と尻尾……狼人族《ウェアウルフ》かな？

彼らは周りに人がいるのも意に介さず、大声で会話をしている。

「俺達、ついてるぜぇ！」とか、「おいしい依頼だったなぁ！」なんて言って、気分が良さそうだ。

みんな足元がふらついており、酔っ払っているらしい。

あまり近寄らないようにと離れて通り過ぎようとしたが、一人の男の体がぐらつき、デメテルの肩にぶつかった。

「きゃっ！」

デメテルは体のバランスを崩し、後ろに倒れそうになる。

僕はなんとか彼女の背中を手で支えて、転倒を防いだ。

まったく、危ないなぁ。少しは気をつけてほしいものだ。

結構な勢いだったから、デメテルが被っていたフードが外れてしまっている。

デメテルはそれに気づくと、ハッとした表情になる。どうしたんだ？

「おおっと、すまん、すまん！」

酔った男は軽い調子でこちらに向かって謝るが――デメテルを見てその表情が一変する。

「……んん？　その耳、もしかしてお前、馬人族《ウェアホース》かぁ？　チッ、謝って損したぜ」

男はデメテルを蔑《さげす》んだ目で見る。

はぁ⁉　なんだこいつ⁉　よく分からんが、失礼すぎるだろ！

文句を言ってやろうと、僕は男の前に立った。しかし、なぜかそれをデメテルが止める。

「お、お待ちください、ジン様！」

すると今度はギルド内の人間がざわざわしはじめた。

「馬人族《ウェアホース》だって？」とか、「なんでここにいるんだ？」などという声が聞こえてくる。

こいつらまで、いったいなんなんだよ⁉

「ジン様、事情は後ほどお話ししますわ。今は目的を果たしましょう」

デメテルはフードを深く被り直し、毅然《きぜん》とした態度でカウンターに向かった。

僕は釈然《しゃくぜん》としないままデメテルの後を追った。

念のため、先ほどのガラの悪い酔っ払い達は【気配察知】で監視しておく。

カウンターに着くと、受付の職員が僕に声をかけてくる。黒髪で眼鏡をかけた普人の女性だ。

「こんにちは。本日はどういったご要件でしょうか？」

「冒険者登録がしたいんだが」

「承知しました」

彼女は冒険者についての簡単な説明をしてくれた。

時々僕も質問しながら内容を理解していった。

依頼の種類やランク制度、冒険者の権利の話が中心だった。

依頼には通常依頼と指名依頼があるらしい。

「通常依頼」は掲示板に貼られており、冒険者ランクに応じた依頼を受けられる。

「指名依頼」はギルドから冒険者に直接依頼するもので、冒険者ランクは関係しない。

ランクはFから始まり、E、D、C、B、A、Sの順に上がっていく。

一方魔物にもランクが設定されており、冒険者ランクと魔物ランクは概《おおむ》ね実力が一致するように設定されている。

つまり、Cランクの冒険者とCランクの魔物は互角……という具合だ。

冒険者ギルドに登録すると、年金・保険といった福利厚生を受けられる。また、冒険者証は身分証明書として使うことができて、ギルドと契約している町であれば通行税はかからない。

ざっとこんな感じだ。

ランク制度や冒険者を守る仕組みも充実してそうだし、冒険者証がやっぱり便利そうだ。

「ありがとう。良く分かったよ」

「いえ。今すぐ冒険者登録しますか？　それとも、一度検討してからにしますか？」

「登録するよ」

僕が答えると、女性は一枚の紙を差し出してきた。

「分かりました。それではこちらの登録用紙に記入をお願いします。また、冒険者登録には入会金と年間登録料がかかり、合わせて銀貨二枚が必要になります。こちらは先払いの他に、分割払いや報酬《ほうしゅう》からの天引きが可能ですが、いかがいたしますか？」

冒険者登録って、お金がかかるのか。福利厚生もあるし、当然かも。

「じゃあ、先払いで」

僕は金貨を一枚渡す。

受付職員はなぜか少し驚いた様子だったが、「お預かりします」と言うと、お釣りを準備し始めた。

僕はその間に登録用紙に記入する。名前と特技だけ書けばいいらしい。

名前はジンで、特技は剣と魔法っと。

【言語理解《げんごりかい》】のおかげか、当たり前のようにこの世界の文字を書けている。

用紙への記入を終えると、職員からお釣りを受け取った。

彼女は別の職員に冒険者証の作成を依頼すると、小さい声で僕に話しかける。

「お名前はジンさん、ですね。念のためお伝えしておきますが、普通、冒険者になる方で登録料を前払いする方はおりません。仕事を始める前にお金を持っている方は、この業界では稀《まれ》ですので」

「へー、そうなんだ」

「はい。では、そんな稀な冒険者はどうなると思いますか？」

「……さ、さあ？」

「悪い冒険者に狙われます」

えー!?　それ先に言って!?

そんな話をしているうちに、冒険者証の作成が終わったようだ。

「お待たせしました。こちらがジンさんの冒険者証です。これからよろしくお願いします」

「こ、こちらこそよろしく」

さっきの話に不安を覚えつつも、僕は冒険者証を受け取る。

前世で言う免許証くらいのサイズだな。

名前、特技、現在のランクである「F」が記載されている。

「そうだ、職員さん。この町で良い武器屋ってあるかな？　あと武器に属性付与《エンチャント》できる人も探しているんだけど」

僕が問いかけると、眼鏡の女性が改めて自己紹介した。

「ローザと申します。どうぞお見知り置きを。冒険者ギルドでは、大通りに面した大きな店構えの武器屋をお勧めしています。老舗《しにせ》ということもあって、品質の良い商品ばかりです」

ローザは眼鏡をクイッと上げて説明を続ける。

「属性付与《エンチャント》についてですが、お持ちの武器に属性付与《エンチャント》できる——いわゆる付与術師《エンチャンター》は、残念ながらおりませんね。ここよりもう少し大きな町に行かないと、会うのは難しいでしょう」

「そうなんだ。色々と教えてくれてありがとう、ローザ」

「どういたしまして。ギルドを出たらお気をつけください」

最初は事務的なタイプかと思ったけど、実際はかなり親切な人みたいだ。

「よし、行こうか」

僕の言葉に、デメテルが頷く。

帰《かえ》り際《ぎわ》に色々なところから視線を感じたが、無視して冒険者ギルドを後にした。

武器屋の方向に少し歩くと、道の真ん中に先ほど冒険者ギルドでぶつかってきた狼人族《ウェアウルフ》の男が立っていた。

どうやら先に出て僕達が来るのを待っていたようだ。その男が話しかけてくる。

「おい、馬人族《ウェアホース》。なんでお前がこの町にいるんだ？　獣人の国を追放された罪人どもには、町に住む権利なんてねぇんだよぉ！」

馬人族《ウェアホース》が罪人？　いったいどういうことだ？

「……あなたには関係ありませんわ。そこをどいてください」

デメテルが毅然と応えると、男の顔が引きつる。

「な、なんだと!?　馬人族《ウェアホース》のくせにその態度、生意気だぞ！」

「随分《ずいぶん》と喚《わめ》く犬ですわね。耳障《みみざわ》りです、黙りなさい」

へえ、意外と言うねぇ、デメテル。嫌いじゃないよ、そういうの。

「お、俺は犬じゃねぇ！　狼だ！　貴様は絶対に許さんぞぉ！」

狼人族《ウェアウルフ》の男は顔を真っ赤にして激昂《げっこう》する。今にもこめかみの血管が切れそうだ。そして彼は怒りの矛先を僕にも向けてきた。

「俺は隣の『緑眼』かぶれにも用がある。お前、新人のくせに随分金を持っているようだなぁ。どうやって稼《かせ》いだか知らないが、まともなやり方じゃないんだろ？　先輩達にも少し恵んでくれや！」

男がそう言うと、僕達の背後からさらに四人の狼人族《ウェアウルフ》が姿を現した。

まぁ、冒険者ギルドからこいつらの動きは【気配察知】で把握していたから、なんとなく気づいていたけど。やっぱりローザの言う通り、僕も狙われていたらしい。

デメテルを見習って、僕も少し煽《あお》ってみる。

「おい、犬ども。今なら特別に見逃してやろう。痛い目に遭《あ》いたくなければ、さっさと尻尾を巻いて逃げるんだな！」

「な、なんだとぉ!?　Fランクのくせに舐《な》めやがってぇ……！　俺たちはCランク、お前らは終わりだぁ！」

ほう、Cランクか。どのくらい強いのか楽しみだな。

「こいつらに手加減はいらん！　殺《や》っちまえ！」

周囲に耳目《じもく》があるというのに、狼人族《ウェアウルフ》が襲いかかってきた。

デメテルが前方にいるリーダー格の男を相手にするようなので、僕は後方の四人を相手にする。

狼人族《ウェアウルフ》は各々が武器を取り出して突っ込んできた……しかし、思ったよりも動きが遅い。

僕は【収納】から出した鉄の剣を振り下ろし、一人目のナイフを叩き落とした。

「へ？」

男は何が起こったのか理解できないらしく、地面に落ちたナイフを見て呆然《ぼうぜん》としている。

他のやつらも似たような攻撃をしてくるので、僕は同様に彼らの武器を叩き落とした。

「……な、なんなんだよ、お前!?　本当にFランクか!?」

「僕の方こそ、お前ら本当にCランクかと問いたい。ちょっと弱すぎないか？」

「こ、この野郎ぉ……！」

狼人族《ウェアウルフ》達は顔を真っ赤にして怒っている。ちょっと煽りすぎたかな……？

とはいえ、こういう輩《やから》にはもう少しお仕置きが必要だ。

僕は【身体強化】で彼らの背後に回り込むと、剣の柄《つか》でそれぞれの後頭部を殴った。

狼人族《ウェアウルフ》はいとも簡単に気絶していく。

デメテルの方を見ると、すでに狼人族《ウェアウルフ》をのしていた。男は前のめりで地面に倒れてピクピクしている。あれは金的だな、痛そう……

「ジン様、私のせいで面倒事に巻き込んでしまい、申し訳ありませんでした……」

「いやいや、全然そんなことないよ。僕も狙われていたわけだし。それに冒険者の強さも分かって、ある意味有意義だったよ。さあ、行こう」

僕達は倒れている狼人族《ウェアウルフ》をそのまま放置して、武器屋に向かうことにした。

しばらく歩いたところで、デメテルが少し緊張した面持ちで僕に話しかける。

「ジン様。先ほど狼人族《ウェアウルフ》の一人が、私のことを『獣人の国を追放された罪人』と言っていましたが、あれは事実ですわ。私達馬人族《ウェアホース》は昔、様々な獣人が住む国で平和に暮らしていました。ですがある時、国家に対する反逆罪に問われて国を追われたのです」

「……そうだったんだ」

「その後は別の国に住もうとしても、先ほどのように他の獣人に蔑まれ、平穏な生活を送ることができませんでした。そのため、住む場所を転々として、現在は人目につかない樹海で、慎《つつ》ましく暮らしているのです」

「それは苦労したなぁ……これからは幸せに暮らしていけるといいね」

「はい…………え？　そ、それだけですか？　馬人族《ウェアホース》がどんな大罪を犯して国を追われたのか、聞かないのですか……？」

なんかデメテルが目を丸くしている。

「うーん、正直言って、あんまり興味ないかな。それを聞いたところで、僕達の関係が変わるわけじゃないし。ただ、聞いて欲しい時は言ってよ。それくらいなら僕にもできるから」

短い付き合いではあるけど、馬人族《ウェアホース》はみんな、どう見ても悪人ではない。

きっと罪を擦《なす》り付《つ》けられたとか、そんなところだろう。

「ジン様に見放されることも覚悟しておりましたが、まさか興味もないとは……」

「そ、そういう意味じゃなくて――」

「分かっておりますわ。ありがとうございます、ジン様！」

不安げだったデメテルの顔が、笑みでパアッと明るくなる。

良かった。この子にはこういう表情がよく似合う。

そんな話をしていたら、いつの間にか目的の武器屋に到着した。

店は確かに広くて、普通のコンビニの倍くらいの面積がありそうだ。

しかも、置いてあるものは全部武器か防具。こりゃ凄い！

初めてだし、一つ一つ見ていきたいけど、そんな時間はないか。

僕はカウンターにいる恰幅《かっぷく》のいい普人の男性店員に話しかける。

「聖属性の武器を探しているんだけど、この店に置いているかな？」

「いいえ、大変申し訳ないのですが、取り扱っておりません……」

マジか……もしかして結構レアなのかな。

「ですが、他の属性付与《エンチャント》された武器ならございますよ？　店頭には出していない希少品で値が張りますが……ご覧になりますか？」

「へえ、ぜひ見せてくれ」

「おお！　少々お待ちください！」

店員は嬉《うれ》しそうに返事をすると、物凄い速さで店の裏に入っていった。

めちゃくちゃ売りたそうだな。さっきの狼人族《ウェアウルフ》の二倍は動きが速い。

「お待たせしました。こちらです！」

店員は美しく光り輝く剣を一振り持ってきた。ちょっと【鑑定《かんてい》】してみるか。

〔真銀《ミスリル》製の細剣《レイピア》。攻撃力＋220。属性付与《エンチャント》：火属性。追加効果：運＋20。ドワーフの鍛冶師《かじし》が鍛《きた》えた逸品。非常に軽いが、切れ味は抜群〕

おお、真銀《ミスリル》だ！　でも、火属性か。対アンデッド用と考えると聖属性が一番なんだけどなぁ。

「これっていくら？」

「金貨十枚でございます」

一振り約一千万円……真銀《ミスリル》高けぇ。まあ、買うけど。

「ください」

僕が即答すると、デメテルが素《す》っ頓狂《とんきょう》な声を出す。

「ジ、ジン様⁉」

「まぁまぁ、お金はあるから大丈夫だよ」

先ほどの小袋を取り出し、金貨十枚を支払った。

「毎度あり！」

店員は満面の笑みだ。売れたのが相当嬉しいらしい。

購入した商品を受け取ると、頭の中であの声が聞こえた。

【鑑定】がLv4になりました〕

お、ラッキー。ちょこちょこ使ってきたもんな。

レベルが上がって鑑定結果の説明が増えているかもしれない。確認してみるか。

〔真銀《ミスリル》製の細剣《レイピア》。攻撃力＋220。属性付与《エンチャント》：火属性。追加効果：運＋20。等級：希少《レア》。エデッサに住むドワーフの名工ギッスルが鍛えた逸品。非常に軽いが、切れ味は抜群。素材の原産地は樹海中央部〕

やっぱりちょっと増えている。

この町に住んでいるドワーフの名工が製作した武器で、真銀《ミスリル》は樹海産らしい。

等級っていうのは、武器のランクみたいなものか。

……鍛治師がいるってことは、もしかして武器の注文ができるんじゃないか？

全然武器が手に入らなかったから、作れるなら作りたい。

これから樹海に来る鼠人族《ウェアラット》のサスケ達の分を用意してあげたいんだよなぁ。

僕の【収納】に入っているやつは、あんまり強くないし。

あれこれ考えている僕を見て、店員が首を捻《ひね》る。

「……お客様、どうされましたか？」

「この店で武器の注文はできるかな？　できれば、ドワーフの鍛冶師さんに頼みたいんだけど」

「よ、喜んで！　どんな武器にいたしましょう⁉」

店員がカウンターから身を乗り出してくる。圧がすげえ……

さて、どんな武器を作ってもらおうかなぁ。

サスケ達って、忍者感があるし、やっぱりそっち系の武器がいいよな。メインは忍者刀で、クナイや手裏剣、撒菱《まきびし》なんかもあると、より忍者の雰囲気《ふんいき》が出る。

僕がそういった武器のイメージを説明していくと、店員は「ほう！」「それは面白い！」なんて言いながら、何度も頷いてメモを取る。

「あと、素材は真銀《ミスリル》で、聖属性の属性付与《エンチャント》もつけてもらいたいんだが」

ギルド職員のローザは、手持ちの武器に属性付与《エンチャント》できる人はいないと言っていた。

でも、さっき購入したドワーフ作の細剣《レイピア》にはついている。

つまりそのドワーフは、武器製作時であれば、なんらかの方法で属性をつけられるのではないだろうか、と考えたのだが……

「大変申し訳ありません。実は現在、真銀《ミスリル》も属性付与用《エンチャントよう》の魔石《ませき》も不足しており、残念ながら、そういった武器の製作は難しいのです……」

そうなんだ。とはいえ、魔石とやらがあれば属性付与《エンチャント》できるらしい。

でも、素材が不足しているって、なんでだろう？

理由を聞いてみると、樹海には真銀《ミスリル》と魔石の鉱床《こうしょう》があるが、採掘に行ける冒険者がいないらしい。

そもそも樹海に行く冒険者自体が減っており、武器や防具の売れ行きも悪くなっているんだとか。

だから売りたい圧が凄いんだな、このお店。

なら仕方ないか……今ある一番良い素材は鋼《はがね》らしいので、それでお願いすることにした。

サスケとネズミ達の分で、二十一セット。費用は金貨十枚だそうだ。

三日後には出来上がるから、取りに来てほしいとのこと。

一ヵ月以上かかると思っていたけど、めちゃくちゃ早い。

「本日はたくさんの商品をご購入いただき、ありがとうございました。私、この店の店主をしているエウゲンと申します。またのお越しをお待ちしております、ジン様」

この人、店主だったのか。いつの間にか名前を覚えられている。

「ああ、また来るよ」

店主のエウゲンに挨拶して店を出た。

少し歩いたところで、先ほど買ったばかりの細剣《レイピア》を【収納】から取り出した。

「はい。これはデメテルのために買ったんだ。きっとこれからの戦いで役に立つと思う。世話になったお礼も兼ねて、貰ってくれるかな？」

「え？　お、お世話になっているのはこちらの方です！　にもかかわらず、このような貴重な武器、受け取れませんわ！」

そう言って、デメテルは細剣《レイピア》を僕に突き返そうとする。

「いやいや、町に来てから何度も助けてくれたでしょ？」

「で、ですが――」

「いいから、気にせず使ってほしい。貴重だって言うけど、僕はそのうちもっと貴重な武器を手に入れるつもりだしね。だから、今後も色々と協力を頼むよ！」

「……分かりました。ではこちらの剣、謹《つつし》んで頂戴いたしますわ」

「うん、そうしてくれ！」

この後、僕らは目についた店に寄って、食料や回復薬を大量に調達した。


一通り買い物を終えて町を出ると、再び守衛に声をかけられた。

「なぁ、あんた達、さっきは樹海の方から来たみたいだが、まさか入ったりしてないよな？」

え、ダメなの？　そういえば武器屋店主のエウゲンも、樹海に行く冒険者が減っているとか言っていたな。ここは入っていないことにしておくか。

「も、もちろんそんな真似はしないさ」

「だよな。入っていたとしたら、もう生きちゃいねぇだろう。そもそも、あそこは強力な魔物の巣《そう》窟《くつ》だ。しかも、今は死霊の賢者《リッチ》とか、それを超える化け物、死霊を統べる大賢者《エルダーリッチ》が幅を利かせているって噂《うわさ》だからな」

……それって、もしかして屍術王《ネクロマスター》のことか？

どうにも最近棲《す》みついたかのような言い方だ。たしかやつは五十年前に来たはずだが……

「……その死霊を統べる大賢者《エルダーリッチ》とやらが棲みついたのは、最近のことなのか？」

知らないふりをして聞いてみる。

「いや、正確には分からんらしい。樹海を調査できるやつなんて限られているだろ？　最近になってA級冒険者がエデッサに来たんで、調査を依頼したら、とんでもないアンデッドの大群を見たらしい。そこに死霊の賢者《リッチ》と死霊を統べる大賢者《エルダーリッチ》がいたんだと」

ふーん、そういうことか。にしても、とんでもない大群って、マジかよ……

「おいおい、顔が真っ青だぞ？　そんなに心配しなくても大丈夫さ。何せギルドからアンデッドども合同討伐依頼が出ている。もしかしたらお前さんの好きな『緑眼』も参加するかもしれねぇぞ？　だから安心しなっ！　わははははっ！」

怯《おび》えているとでも思ったらしい。守衛はそう言うと、僕の背中をバンバン叩く。

ゲホッ！　ゲホッ！　なんつー力だ、このおっさん！

っていうか、僕はアンデッドだから顔が青いだけで、別にビビってるわけじゃないんだからねっ！

……おっさんには今度、情報のお礼に差し入れでも持ってくるか。

そんなことを考えながら、僕達は町を出て村へ戻った。

◆

樹海北部と中央部の間を横断する地溝帯《ちこうたい》。

その中で最も深く巨大な地溝……通称竜のゆりかご《クレードルオブドラゴン》の麓《ふもと》に、一つの洞窟《どうくつ》があった。

入り口には鋼鉄の門がはめられ、漆黒《しっこく》の重鎧を身につけた、体長二メートルを優に超える巨大な骸骨《スケルトン》が、侵入者を寄せ付けまいと目を光らせている。

洞窟の中は岩壁をくり抜いて造られた複数の部屋からなっており、外から見る以上に広い。

その部屋の一つに、天井や壁が美しく磨かれ、床には真っ赤な絨毯《じゅうたん》が敷かれた、まるでどこかの王城の広間のような場所があった。

部屋の奥には白い大理石製の玉座が据え付けられている。

玉座からは、周りの景色が歪《ゆが》むほど濃度の高い魔素《まそ》が立ち上っており、そこだけが異空間に存在するかのように見える。

だが、魔素の出所は玉座そのものではない。そこに座る一体のアンデッドから流れ出たものだ。

黒を基調とした生地《きじ》に金の刺繍《ししゅう》があしらわれた豪奢《ごうしゃ》なローブを身に纏《まと》い、金色のサークレットを頭に被った骸骨《スケルトン》。

骨の一本一本が強力な魔素により色も材質も変容しており、眼窩《がんか》には血よりも赤い光が宿っている。

その魔物こそアンデッド最上級種族の一角、死霊《エルダーリッチ》を統べる大賢者であり、強力な術を操る姿から、畏怖《いふ》を込めて屍術王《ネクロマスター》と呼ばれる存在であった。

何かを感じ取ったのだろうか。眼窩の光が小さく揺らぐと、彼はおもむろに口を開いた。

「アルバスが死んだ。どうやら馬人族《ウェアホース》に敗北したようだ」

重低音のような声が部屋に響く。

すると、配下の一人が驚愕《きょうがく》して彼の顔を見た。

「ま、まさか⁉ それは本当ですか、ラザロス様⁉」

「うむ。余も驚いたぞ、デスピナよ。やつは避難場所に籠城《ろうじょう》している馬人族《ウェアホース》を攻めている最中だったはずだ。だが、今際《いまわ》の言葉を最後に、やつからの連絡が途絶《とだ》えたのだ」

「な、なんと、信じられません……」

突如飛び込んできた訃報《ふほう》に、デスピナは絶句する。

彼女と同じ死霊《リッチ》の賢者であるアルバスが、弱小種族である馬人族《ウェアホース》に返り討ちに遭うなどと、誰が予想できようか。

馬人族《ウェアホース》にそれほど強力な存在がいたというのか。それとも別の存在の仕業《しわざ》なのか……

デスピナにとってアルバスは、扱いに困る同僚だった。

研究熱心な面は認めざるを得ないが、趣味や性格は受け入れ難い。

そのため、たまに会ってもほぼ会話がなく、決して仲が良いとは言えなかった。

とはいえ、ラザロスに数十年もの間共に仕えてきた仲間の一人だ。衝撃を受けないはずがない。

「ア、アルバスの今際の言葉とは、いったいどういうものだったのですか？」

「助けを求めていたよ。だがその直後、相手にとどめを刺されたらしい。残念だ」

ラザロスはそう言うと、小さく首を振った。

………………数十年仕えてきた部下が殺されたというのに、それだけ？

もっと感じるものはないのだろうか。もっと、怒り、悲しみ、嘆《なげ》き、苦しまないのか。

デスピナの頭にそんな疑問が浮かんでくる。

だが、彼女は決してそれを悟られないように注意を払いつつ、別の質問をぶつけた。

「ラザロス様の転移魔法でも、救うのは難しかったのでしょうか……？」

「……デスピナよ、お前も知っているだろう？　転移魔法は一度でも行ったことがある場所でなければ転移できんのだ。無理に決まっている」

ラザロスは半ば呆《あき》れたようにそう断言する。

そして彼の関心はアルバスを倒した相手へと移った。

元から馬人族《ウェアホース》に強大な力を持つ存在がいたのか、それとも戦闘中に覚醒《かくせい》したのか。そんな可能性を口にしながら検討を続けている。

……やはり、ラザロスは変わってしまった。

デスピナはそう考えざるを得なかった。

昔の彼であれば、転移魔法で向かうのが無理なら走ってでも駆けつけただろう。

しかし、それはこの五十年の間にすっかり変わってしまった。

樹海で人間から魔物に種族変異して以来、ラザロスは自らの研究に執着《しゅうちゃく》し、部下の命を軽《かろ》んじるようになった。人格がまるで別人になってしまったのだ。

デスピナ自身も人間だった頃より他者の命を軽く扱っている自覚はある。しかし、ラザロスほどの変化はないと感じていた。

果たして自分が死んだ時、ラザロスは何を思うのだろうか。

アルバスと同じように「残念」の一言で済まされてしまうのだろうか。

そんな疑問が頭に浮かび上がり、彼女は陰鬱《いんうつ》な気分に沈んでしまう。

すると、パタパタという羽音と共に一体の妖精《フェアリー》族が室内に入り込んできた。

「ああ、つっかれたぁ。おいラザロス、戦況の報告に来てやったぜ」

その妖精《フェアリー》――堕落した妖精族《フォールンフェアリー》のイルモは、さも面倒といった態度でラザロスに近づく。

……相変わらず礼儀というものを知らない男だ。何度注意しても直る様子がない。

デスピナは極力不機嫌そうな顔を作り、イルモを睨《にら》みつける。

「ちょっとあなた、ラザロス様に対してあまりにも無礼だわ。いい加減にしないと焼き鳥にするわよ？」

「げげぇ！　い、いたのか、デスピナ⁉」

イルモは彼女の存在に全く気づいていなかったらしい。黒く濁《にご》った蝶《ちょう》のような羽を猛スピードで動かし、急いで彼女から距離を取った。

「いいのだ、デスピナよ。イルモは我々の協力者であり、客人のような立場。余は全く気にしておらん」

「はい。失礼いたしました」

デスピナが小さく頭を下げると、「うむ」と頷き、ラザロスが話を続ける。

「さてイルモよ、お前の報告を聞かせてくれるか？」

「お、おう」

イルモはデスピナを警戒するようにチラチラ見つつ、報告を始めた。

樹海は大きく北部・中部・南部と三つの地域に分かれている。

北部と中部はその間を走る地溝帯で隔てられており、今デスピナ達がいる洞窟は、その地溝の一つに造られている。つまり、北部と中部の中間地点だ。

そしてイルモは北西部、アルバスは北東部の侵略を担当していた。

イルモの報告によると、北西部の征服は概ね完了したらしい。

その地域は主に妖精族《フェアリー》や樹人族《トレント》といった、精霊に分類される種族が多い地域だが、それ以外にも強力な魔物が数多く棲息《せいそく》している。だが屍粉《ゾンビパウダー》で生み出したアンデッドによって、そんな相手を制圧して一部はアンデッド化することにも成功したようだ。

これにはラザロスも満足げな表情をしている。

征服に数年も時間を要したのだから、当然だろう。

だが一方で、改良したはずの屍粉《ゾンビパウダー》の実験結果は、望み通りにはいかなかったという。

数十年にわたる研究の結果、屍粉《ゾンビパウダー》によって死者を種族変異させ、特殊な条件でしか死なない不死身のアンデッドを作り出すことには成功している。

しかし現状の屍粉《ゾンビパウダー》で作ったアンデッドは、こちらが求めるような思考をすることができない。

種族変異の過程でなぜか知性が消えてしまうのだ。

いや、単に命令を聞くだけなら可能なので、一定の知性は備えている。

だが複雑な命令を覚えることはできないし、当然人間のような意思もない。

ラザロスを中心にその課題の克服に取り組んでいるのだが、ここ数年なんの成果も得られていなかった。

「……とまあ、こんなところだ。つっても、今のアンデッド軍でこれだけ強ぇんだから、十分じゃねえか？」

「いいや、まだまだだ。かの不滅《イモータルズ》の軍勢は不死であるだけでなく、知性も意思も兼ね備えた無敵の軍団だった。我らの軍もそうならなければ復讐《ふくしゅう》を果たすことはできんのだ」

「へえ、そうかい」

何の興味もなさそうにイルモは返事をする。

少しの間、ラザロスは何かを考えるように口を噤《つぐ》んだ後、静かに語り出した。

「イルモよ。お前にはまだ伝えていなかったが、アルバスが死んだ」

「何⁉　あ、あいつが、死んだ……？」

イルモは驚愕の表情で聞き返す。

「うむ。そこで次にお前には、樹海北東部の征服と、アルバスを倒した者の始末を頼みたい。前者はこれまで通りやればいいが、問題は後者だ。死霊の賢者《リッチ》を倒すほどの存在となると、もしや馬人族《ウェアホース》から英雄が現れたのかもしれん。ゆえに、念のためアルノルドを連れていく許可を出そう」

「ちょ、ちょっと待てよ！　英雄ってまさか、種族の危機に現れるとかいう救世主のことか⁉」

「うむ。もしそうなら、強大な力を持っているだろう。だがアルノルドもその英雄の一人であり、一国の将軍も務めた戦闘のプロフェッショナル。生まれたばかりの英雄など、恐るるに足らん。お前はこれまで通りやるだけでいいのだ。簡単な作業だよ」

ラザロスは自信に満ちた口調で断言した。

「……ふん、ならいいか」

やや不満げに呟《つぶや》くと、イルモは話を続ける。

「だが、兵を集めるから少し時間がかかるぜ。それでもいいか？」

「問題ない」

イルモの問いに、ラザロスは鷹揚《おうよう》に頷いた。

すでにラザロスの目はアルバスを倒した敵に向いている。

おそらくもう二度とアルバスの名が話題に上ることはないだろう。

それはデスピナが死んでも同じに違いない。

彼女がいくらラザロスを想ったとしても、配下という立場は変わらないのだから。

……だが、それでも構わない。

デスピナは彼に拾われた時に決めたのだ。このお方のために生きると。

そして誓《ちか》ったのだ。彼の悲願を達成するためならば、どんな犠牲《ぎせい》も厭《いと》わないと。

◆

エデッサの町から村へ戻る頃には、辺りが暗くなっていた。買い物で色々店を回ったため、なんだかんだで時間が掛かったようだ。

「デメテル様、ジン様、お待ちしていました！」

デメテルと僕の到着に気づいたマリナが、ソフィア、エヴァと共に村から飛び出してきた。

「お二人とも、ご無事で何よりです！」

「お帰り」

どうやらみんな心配していたらしい。

「大変お疲れ様でした。夕食の準備はできております」

ソフィアが村の中に案内してくれる。

「デメテル様、何かあった？」

エヴァがデメテルの顔を覗き込む。

僕には分からないが、デメテルの異変に気づいたらしい。

「ふふっ、心配してくれてありがとう……いつもの通りよ」

「ま、またですか⁉　くそっ、ふざけやがって！　王族であるデメテル様に不敬だろうが！」

えー⁉　デメテルって単なる代表的な立場じゃなくて、王族だったの⁉

前から上品な人だとは思っていたけど、まさかそんな身分だったとは……

「マリナ、おやめなさい。それはもう過去のことですわ。それに、私達に絡んできた輩はジン様と協力して成敗してやりましたわ。ねえ、ジン様？」

そう言って、デメテルが僕に笑顔を見せる。

……王族と言っても、デメテルはデメテルか。ちょっと安心した。

「さすがデメテル様。ジン様もナイス」

ウインクして僕に親指を立てるエヴァ。この子も相変わらずだな。

食事中、僕は町で起きた出来事を村人に話した。

デメテルが商人ギルドで活躍した話とか、僕が『緑眼』のファンだと思われたとかの話だけにして、暗い話はなしだ。

『緑眼』の話は、大人には結構ウケたが、子供にはむしろ僕の眼鏡姿が格好いいと好評だった。

うーん、どこが格好いいんだ？　『緑眼』っていう二つ名もなんか微妙だし。

ちなみに、夕食は野菜と肉が入ったシンプルなスープだった。

野菜では特に馬人族《ウェアホース》が作ったカロートという人参っぽいやつが、とんでもなく甘くて最高だった。

町で買ってきたものと比較してみたんだけど、まるで別物だ。

その栽培に成功したトマス曰く、樹海の土はとても優秀なので、成長が早く、かつ高品質なものができるという。ただその代わり、世話が大変らしい。適切なタイミングで水や養分をやらないと土が怒って、野菜を腐らせてしまうんだとか。

土が怒るって……もう生き物じゃんそれ。

トマスはちょっと職人肌っぽいから、単に比喩《ひゆ》なのかもしれない。そうであってほしい。

それより、野菜だ。売れるよこれ、マジで。

日本でもこんな美味《うま》いのは食べたことがないもん。

肉の方は樹海で捕まえたテディボアとかいう魔物のものらしい。

調理する前は赤みが多い豚肉って感じだったから、茹でたらパサパサになると思っていた。

でも、よく煮込むとホロホロになって、口の中に入れたら溶けてなくなるくらいだ。

これまためちゃくちゃ美味い。樹海最高かよ。

翌日、僕はデメテルと村の様子を見て回った。

たくさんあった瓦礫《がれき》はほとんど片付けられており、家もひとまず寝られる程度まで修復されていた。

ふと、隣を歩いていたデメテルが僕の正面に立った。

「……ジン様、一つお願いがございます」

彼女はいつも以上に強い意志のこもった目で僕を見る。

「何？」

「ジン様のように強くなる方法を、私に教えてもらえないでしょうか？」

「僕のように強くなる？　……でも、デメテルはもう十分強いよね？」

「いいえ、私など、まだまだですわ。死霊の賢者《リッチ》よりも圧倒的に弱い骸骨狂戦士《スケルトンバーサーカー》にさえ、一人で勝つことができません。いつまでも弱いままは嫌なのです。ジン様のように、仲間を守れるくらい強くなりたいのですわ！」

切実な表情でデメテルが僕に訴える。

僕みたいに強くなりたい、か。そもそも自分が強いのかなんてよく分からないが、死霊の賢者《リッチ》を倒せるぐらいの強さはある。

【初期指導《チュートリアル》】のトトや、ピラミッドの守護者ハムモンに色々教わって、ここまで成長できたんだよな。

なら僕にも、彼らから学んだことをデメテルに教える程度ならできるか。

教える人間がいるのといないのとでは、成長のスピードが変わってくる。

ただ、僕にもやりたいことがあるから、そればかりに時間を取られるわけにはいかないけど。

「分かった。空いた時間で良ければ、僕が教えられることは教えるよ」

「本当ですか!?　ありがとうございます、ジン様！」

そう言って、デメテルは僕に深々と礼をする。

すると、いつの間にか近くで話を聞いていたエヴァが僕の腕を引っ張る。

「デメテル様だけずるい。私もお願い」

「ア、アタシもお願いしますっ！」

「私もっ！」

なんとマリナとソフィアも続き、三人とも僕に教えを乞いたいと言い出した。

……困ったなぁ。四人くらいならなんとかなるか――なんて思ったのも束《つか》の間《ま》、今度は村人達が集まってくる。

「「「私達もお願いします！」」」

えー!?　村人全員!?

「み、みんな？　どうしたのです!?」

デメテルが驚いて彼らに問うと、村人を代表してトマスが答える。

「主人に守っていただくばかりなど、情けなくて仕方がありません。私達も強くなって、デメテル様のお役に立ちたいのです！」

「ト、トマス……！」

もはや感動的な雰囲気になっていて、断りたくても断れない……僕は仕方なく、彼らに頷く。

「……わ、分かったよ。じゃあ、みんなで頑張ろっか」

「「「はい!!」」」

まさかこんなことになるなんて……百人を一度に教えるなんて無理だし、かといって一人一人教えている時間はない。どうしたものかなぁ。

まずは得意不得意を把握してグループ分けするか。

そのグループのリーダーに色々教えて、他のメンバーへの教育を任せてしまえば、僕はやることがなくなるんじゃ？

か、完璧な作戦を思いついてしまった……これでいこう！

僕は全員に了承を得て、彼らのステータスを【鑑定】した。

そして筋力・素早さ・知力を基準に、ステータスの特徴に合わせて彼らを大きく三つのグループに分けることにした。

グループの人数は、それぞれ四十・四十・二十人だった。

マリナは筋力、ソフィアは素早さ、エヴァは知力が飛び抜けて高かったので、それぞれのグループのリーダーを任せることにする。

デメテルはバランス型なので、行きたいグループに行って訓練してもらおう。

筋力が高いグループは剣、素早さの高いグループは弓、知力の高いグループは魔法の適性ありと判断する。安易だが、これ以外に思いつかない。

ちなみに僕は弓を使えないが、ソフィアが使えるというので、彼女に指導をお願いする。

剣も弓も杖も、ピラミッドで手に入れたものが【収納】に山ほどある。

あまり上等ではないが、訓練で使うには十分だ。

剣グループは素振《すぶ》り、弓グループはソフィアが基本を教え、魔法グループはエヴァが【小回復《ヒール》】を教える方針で、とりあえず訓練を始めてもらった。

まずは魔法のグループを見に行くと、エヴァが魔法陣の書き方を教えているところだった。

彼女は【魔法Lv２】のスキル持ちだから、【聖浄光《ホーリーライト》】と【重力球《グラビティボール》】の魔法書を渡しておく。何も教えていないが、エヴァは天才だから、多分勝手に覚えるだろう。

次に剣のグループを見に行くと、みんな一生懸命素振りをしていた。

マリナはもう規定の回数を終えていたが、他のメンバーはまだ半分くらいらしい。

彼らにはそのまま素振りを続けてもらって、僕は暇そうにしているマリナと模擬戦をすることにした。

「ジン様！　胸をお借りします！」

そう言ってニカッと笑うと、マリナは僕に向かって駆け出した。

スピードは……なかなかだな。剣を軽々持っていて力もある。

彼女は一気に僕の近くまで迫ると、上段から剣を振り下ろす。

攻撃までの流れもスムーズだ。

僕は【収納】から鉄の剣を取り出し、その攻撃を受ける。かなりの威力で、手が少し痺《しび》れる。

何度か剣を打ち合って気づいたが、彼女は技術と呼べるようなものを一切使っていなかった。自身の身体能力にものを言わせて、力一杯剣を振っているだけという感じだ。

これでもそれなりに強いが、強敵には通じないだろう。

いずれ技も覚えてもらいたいから、屍人騎士《ゾンビナイト》直伝の武技《ぶぎ》を見せることにする。

僕は体を低く構えて呼吸を整え、必殺の【死突《デススタブ》】を繰り出した。

地面を踏み込んで一気に加速する。剣先が一瞬でマリナの首元に届いた。

マリナはその速度に全く反応できず、額から冷や汗を流す。これで一本といったところか。

一旦仕切り直して、次は【死舞《ロンド》】を見せる。

僕は縦・斜め・横と続けざまに斬撃を繰り出す。前の攻撃が次の攻撃の予備動作にもなっており、まるで踊りでも踊っているような波状攻撃だ。全力はまずいので、力は抑えておく。

マリナは迫り来る攻撃をなんとか見極め、受け止めている。

全身汗だくだが、目が生き生きとしていて、とても楽しそうだ。

だいぶ技を見せられたと思うし、そろそろ決めよう。

僕は【身体強化】を使って、一気にマリナの間合いに入った。

僕の動きに反応できず静止したままの彼女の剣を、上段から【閃斬《スラッシュ》】で叩き落とした。これでもう一本っと。

緊張の糸が切れ、疲れが一気に押し寄せたらしい。マリナはガクッと膝をつき、ハァハァと肩で息をしている。

でも顔はニッコニコして、なんなら初めよりも嬉しそうだ。

戦闘狂だわ、この子……

「マリナはまず【剣術《けんじゅつ》】スキルを習得して、次に今見せた武技をマスターしてもらうよ」

「ア、アタシが【剣術】を……？　どれだけ訓練を積んでも覚えられなかったのに……？」

そんなバカな。どう見たって才能があると思うけど。

「大丈夫だよ。僕でも習得できたんだからね。並行して【身体強化】も練習していこう。君が使えたら、相当強くなるよ」

【身体強化】まで!? ゆ、夢のようだ……ぜひお願いします、ジン師匠ぉ！」

「は、恥ずかしいから師匠はやめてくれ！」

マリナにハムモンから聞いた【身体強化】の習得法を伝えると、彼女は早速練習を始めた。

僕が次に向かったのは、弓のグループだ。

そこでは、ソフィアがメンバーに弓の扱い方を教えていた。彼女は僕を見つけると駆け寄ってくる。

「先ほどの模擬戦、拝見しておりました。マリナを子供扱いとは、さすがジン様です」

「あ、ありがとう。見てたんだね」

「それで……あのう、ジン様。私も、【身体強化】は習得できるでしょうか？」

「もちろんできるよ」

このスキルは共通《コモン》スキルだし、多分できない人はいないと思う。ハムモンも無理だとは言っていなかったしな。

「ほ、本当ですか!? これで少しは仕事が楽になるかしら……」

ソフィアが小さな声で呟く。

「随分苦労しているみたいだね。そんなに大変なの？」

「……い、いえ、それほどではないのですが――」

そう言って下を向くと、ソフィアは話を続ける。

「……従者と冒険者の仕事が忙しいもので、つい……」

そうだったんだ……でもなぜ忙しいかを想像するのは簡単だ。

ソフィアは気を遣って言わないが、マリナは脳筋《のうきん》で、エヴァは不思議系だから、従者としてデメテルをサポートするような仕事はできそうにない。

「あの二人の分まで働いているんだね」

「な、なぜそれを⁉　ジン様は思考を読むスキルでもお持ちなのですか⁉」

「いや、スキルがなくても普通に分かる。ちなみに従者の仕事はともかく、冒険者の方も？」

「ふ、二人とも、魔物の討伐は喜んでやってくれるんです！　ただ、事前準備や魔物の解体、討伐報告など、裏方の作業は苦手なので、私が……ですが、ジン様に【身体強化】を教えていただければ、きっと仕事が楽になるはずです！」

スキルを習得したいのは、そういう理由なんだ……

ソフィアって社畜の素質あるな。僕も前世では突然会社に来なくなった人の分まで残業したことがあるし、ちょっと共感できる。

でも過労死はしないように、気をつけてもらわないと。

ソフィアにもマリナと同様に【身体強化】の習得法を教え、僕は魔法のグループに戻ってきた。

すると、エヴァがこちらに向かってドヤ顔をしながらピースしてきた。

「もしかして、魔法覚えた？」

「うん。分かる？」

エヴァを知っている者なら誰でも分かる。

「【聖浄光《ホーリーライト》】」

「【魔法障壁《マジックバリア》】」

突如放たれた魔法に即座に反応して、僕は障壁を展開する。

「ぐぬぬっ」

エヴァは悔《くや》しそうだが、こういう行動も僕にはお見通しだ。

ちょっと障壁にヒビが入ったのには焦ったが。

「ならば、【重力球《グラビティボール》】」

「【魔法障壁《マジックバリア》】」

「ちぃ」

これもしっかりと防ぐ。僕に通用すると思ったら大間違いだ。

障壁が破壊されかけているのは、何かの間違いだろう。

……そんなことより、なんで当たり前のように魔法を使ってくるんだ、この子？

僕を殺す気なのか？　それに、しれっと無詠唱で魔法を発動しているけど、いつの間にそんなことできるように……？

などと考えていると、頭の中にアナウンスが響いた。

〔【魔法障壁《マジックバリア》】がLv３になりました〕

い、今ので僕のスキルのレベルが上がった？　魔法の威力まで高いってことか……

「さすがジン様。魔法が全て防がれる。私にもそれ教えて」

ふむ。エヴァは魔法使い系統のステータスだから、体力が低めだ。

一発でも攻撃を受けると危ないから、確かに障壁系を覚えておいた方がいいな。

「いいよ。その代わり【魔法障壁《マジックバリア》】だけじゃなく、【物理障壁《フォースバリア》】もマスターしてもらおう」

「本当？　頑張る。さすが私の師匠」

「だから、師匠はやめてくれ！」

意気込むエヴァに、【魔法障壁《マジックバリア》】と【物理障壁《フォースバリア》】の習得法を教える。いくら彼女でもこれは簡単に習得できまい。

さて、デメテルはどうしているかというと、実は十メートルくらい離れた場所からずっと僕を観察していた。

初めは気のせいかと思っていたが、別のグループへ移動する時も一緒について来ている。

……ちょっと怖くなってきたから、理由を聞いてみよう。

「デメテルー！　そんなところで何しているの？」

民家の陰でこちらを観察しているデメテルに声をかけると、彼女は飛び跳ねるほど驚いた。

その後、恥ずかしそうに小走りで駆け寄ってきた。

「お、お気づきでしたか……実は、ジン様の強さの理由が知りたくて、こっそり観察していたのですわ」

「強さの理由？」

「はい。私はステータスにあまり偏《かたよ》りがないバランス型ですが、剣と魔法を使いこなすジン様も、同じタイプではないでしょうか？」

「うん、そうだね」

「やはり……バランス型はなんでも卒なくこなせる反面、得意とすることがありません。なので、どの部分を鍛えれば強くなれるのか分からないのです。ですがジン様は強いですわ、恐ろしいほどに。私はその強さの理由が知りたいのです……」

なるほど。『なんでも屋《ジェネラリスト》あるある』だな。専門家《スペシャリスト》と違い、分かりやすい専門性や強みがないから迷うし、不安になる。

僕の強さの理由になるのか分からないけど、僕自身が持っているなんでも屋《ジェネラリスト》の理想像ならある。

それはこうだ。

「なんでも屋《ジェネラリスト》が本当に強くなるには、何かに特化するんじゃなくて、あらゆることを満遍《まんべん》なく鍛えるのが一番良いと思う」

デメテルは納得いかない様子で首を捻る。

「で、ですが……それでは器用貧乏になってしまうのでは……？」

「そう。でもそれでいい。なんでも一定のレベルにまで到達できる、それがなんでも屋《ジェネラリスト》の強みであり、才能なんだ。どんなに頑張っても、たとえば剣の実力で剣聖《けんせい》と呼ばれる人物を超えることはできないと思う。でも、そこに魔法も使えたら？　さらに息《ブレス》が吐けて、体が自動的に再生したらどうだろう。そう考えると、一番強くなる素質があるのはなんでも屋《ジェネラリスト》だと思うんだ」

「……なるほど。ジン様がおっしゃると、説得力があります。息《ブレス》や再生は、残念ながら私には難しそうですが……これから剣も魔法も覚えて、総合的に上の存在を目指しますわ！」

そうそう、デメテルはそれでいい。

そして、僕も一緒に魔物の高みを目指すんだー！

って……いやいや、僕は異世界を楽しめればそれでいいんだった。


訓練は午前中だけ行い、午後は自由時間にした。

村人達は村の復旧作業に戻ったが、デメテルと従者達は訓練を続けるらしい。

彼女達を育てれば手が空くと思い、僕も訓練に付き合っていた。

みんなのスキルの習熟度がメキメキ上がっていくのが分かる。そのうち習得してしまいそうだ。

人を育てるのって結構楽しいな。

そんな中……突然、外で作業中だった村人が駆け込んできた。

「ま、魔物だぁ！　魔物が襲ってきたぞぉ！」

デメテル達はすぐさま反応して村の外へと走り出した。

また魔物か……さすが樹海だな。それとも、屍術王《ネクロマスター》が軍でも送ってきたのか？

僕も彼女達の後を追いかける。

「何者だ、貴様らぁ！」

マリナの怒号が聞こえる。

なんとか追いついたが、村人が門に集まっていて、僕の位置からだと外がよく見えない。

「ジン様の匂いを辿《たど》ってきたというのに、なぜ馬人族《ウェアホース》が？」

「知らないよ。でも人族は敵だよねぇ。始末しておけばジン様に喜んでもらえるんじゃない？」

「ああ、オレも賛成だぜ」

魔物（？）達の会話が聞こえてくる。でもこの声……聞き覚えがあるぞ？

「デメテル様、ここは危険です。私達にお任せを」

「うん。下がっていて」

「何を言っているのです、私も戦いますわ！」

まずい、急がなくては！

僕は村人の間を掻《か》い潜《くぐ》り、なんとか村の外に出た。

「……あっ！　ジ、ジン様ぁ!?」

そう言って僕に気づいて駆け寄ってきたのは、ピラミッドで命名したら種族進化した鼠人族《ウェアラット》のサスケだった。

「サスケ！　それにみんなも！　無事に着いたんだね？」

「はっ！　我々はお約束通り、一体も欠けることなくジン様の御前に参上いたしました。大変お待たせしてしまい、申し訳ありません。本日よりジン様のため、身を粉《こ》にして働く所存です」

そう言って、サスケは片膝をつき、深々と頭を下げる。後ろに控《ひか》えていたネズミ達もそれに倣《なら》う。

相変わらず堅いな、サスケ。

……あれ、そういえば、ネズミってこんなにたくさんいたっけ？

「なんか屍鬼鼠《グールラット》の数、増えてない？」

「はっ、その通りでございます。屍鬼鼠《グールラット》は繁殖能力《はんしょくのうりょく》が高く、ここまで仲間を増やすことができました。個々の戦力もそれなりですので、より一層ジン様のお役に立てるかと」

マジかよ。このレベルの魔物がどんどん増えるって、結構脅威《きょうい》なんじゃ……？

「……ちなみに、全部でどのくらいいるの？」

「私も含めて総勢五十体です」

元々二十体だったのに、僕がピラミッドを出てから数日でそんなに？

それに、ネズミが背中に担いでいるのって、砂漠に出る砂漠鰐《デザートカイマン》とか砂漠蠍《デザートスコーピオン》だよな？

逃げずに倒してきたってことか。随分強くなっているようだ。

……そういえば、武器屋で注文した武器は二十一セット。

全然足りないじゃん。みんなで仲良く分けてもらうしかないか……

「ジ、ジン様、こちらの皆様はお知り合いなのですか……？」

デメテルが不安そうに尋ねてきた。

おっと、そういえば彼女達への紹介がまだだった。

「うん。こっちは鼠人族《ウェアラット》のサスケと屍鬼鼠達《グールラット》で、前に話した僕の仲間なんだ。味方だから、安心してよ」

「な、なるほど、そうでしたか……」

デメテルはそう言うと、サスケの方に顔を向ける。

「ジン様のお仲間とは知らず、大変失礼しました。初めまして、私は馬人族《ウェアホース》の長《おさ》を務めるデメテルと申しますわ。ジン様には大変お世話になっております」

「これはこれは、ご丁寧に。私はジン様一番の配下にして、この群れのリーダーを務めるサスケと申します。以後、お見知り置きを」

サスケはそう言うと、恭《うやうや》しく礼をする。そして今度はデメテルに鋭い視線を向ける。

「……ところで、ジン様にお世話になっているとは、どういう意味です？」

「そ、それは――」

「僕から説明するよ」

サスケに威圧されて口ごもるデメテルに代わって、僕は彼女達と出会ってからの状況を簡単に説明した。

「ジン様がそのような危険な目に遭われていたとは……我々は配下として失格です……」

「大袈裟《おおげさ》だなぁ、サスケは。そもそも僕がみんなに色々お願いしたからなわけで、気にする必要はないよ」

ピラミッドを出る時、サスケ達は僕についてくることを望んでいた。でも砂漠を渡るのは危険なので、しっかり準備をしてか来るように頼んでいたのだ。

「はっ……今後はジン様のお側を離れなくてよいよう、より一層精進《しょうじん》いたします」

ありがたい。ありがたいんだけど、ずっと側にいられても困るよ？

「話は変わりますが、ジン様。馬人族《ウェアホース》を庇護とは、どういう意味でしょう。そのようなことはせず、支配してしまえばよいのでは？」

えー!?　何言ってんの、サスケ!?

なぜかネズミ達も頷いているが、馬人族《ウェアホース》からは小さな悲鳴が聞こえてきている。

完全に怖がらせているよ！

「ダメダメ！　そんなことするつもりないから！　馬人族《ウェアホース》は仲間みたいなものなんだ。サスケ達も今後は仲良くしてよ？」

「……承知しました。やはりジン様はお優しい。我々一同、ジン様の命《めい》に従います」

また膝をついて臣下《しんか》の礼《れい》をとるサスケとネズミ達。

その挨拶、落ち着かないんですけど。もう僕が慣れるしかないのか……？

「デメテル、そういうことだから、心配しないで！」

「……わ、分かりましたわ。そういえば先ほど、屍鬼鼠《グールラット》の皆様の数が増えたと聞こえましたが……」

「そうそう。以前デメテルには二十体って話をしたと思うんだけど、今はサスケも含めて五十体になったんだって」

「そ、そうですか……噂通りですわね……」

「噂って？」

「屍鬼鼠《グールラット》個々の実力はBランクとされていますが、その凄《すさ》まじい繁殖力は、冒険者の間で恐れられていました。その昔、屍鬼鼠《グールラット》を放っておいたら、増えに増えて、周辺にあった村が次々と壊滅していったそうです。それ以来、集団になると屍鬼鼠《グールラット》は災害級《ディザスター》に認定されるようになりましたが……五十体もいれば集団といっていい数ですわ」

この集団、Sランクを超えて災害級《ディザスター》なの？

僕はドン引きしているが、当のネズミ達はなんだか誇《ほこ》らしそうだ。全然褒めていないぞ！

それはそうと、この大所帯だ。どこで生活しよう。

「デメテル。一旦村の近くに僕達も住んでいいかな？」

「はい、もちろんですわ」

「じゃあサスケ、村の隣にでも住む場所を作ろうか」

「はっ。早速準備に取りかかります」

サスケは仲間達に指示を出し、作業を開始した。

木々の伐採や家の材料にする植物なんかを集めて、ネズミ達は手際良《てぎわよ》くテントを作っていく。

僕も手伝おうとしたら、速攻で止められた。僕は何もしなくていいんだって。つまらん。

暇だったから、村と同じように魔法で柵を作っておいた。寝ている時に魔物に襲われたら困るからな。

結果的に、テントが複数集まった、いわゆる野営地みたいものが出来上がった。

ネズミが作ってくれたテントに泊まったが、草だけのベッドは寝心地がよくない。

地面にローブを敷いても、草の先端が網目を貫通してチクチクする。

ネズミ達にはもちろん感謝しているが、改善の余地ありだ。

◆

翌日の午前中は馬人族《ウェアホース》の訓練に付き合った。

デメテルと従者達は教えたスキルをついに習得した。

本当に習得できると思っていなかったらしく、みんなとても感動している様子だった。

昼食の後しばらくして、ネズミ達がみんなで僕に近づいてきた。

そして、中でも一際《ひときわ》大きい四体が前に出て、話しはじめた。

「ジ、ジン様。オ、オレ達から、少しお話がありまして……」

「話？　何？」

今度は別のネズミが口を開く。

「オ、オイラ達は、ジン様のご指示通り、一体も欠けることなく砂漠を渡ってきました。それで、あのぅ……」

うん？　二体ともなんだか言《い》い淀《よど》んでいて、それ以上言葉が出てこない。

どうしたんだろう……も、もしや僕って、話しにくいオーラ出しちゃってる!?

すると今度は別の雌《メス》らしきネズミ二体が、競うように口を開いた。

「自分から話すと言うから譲ったのに、情けない雄《オス》どもね。ならこの私が――」

「ジン様ぁ、前ピラミッドで約束したくれたことがあるじゃないですかぁ？　とっても大事なことなんですけどぉ、覚えてますぅ？」

「ちょ、ちょっと!?　私が話したかったのに！」

「はぁ？　早い者勝ちっしょ？」

なんか二体が喧嘩《けんか》しはじめた。

しかし、ピラミッドで約束？　何かあったっけ？

……んー、あっ！　そういえば、名前つけるって約束したわ！

「め、命名のことだよね!?　もちろん覚えていたとも！　早速始める!?」

「さっすがジン様ぁ！　ちょっと増えちゃったんですけどぉ、アタシ達全員でもいいですかぁ？」

そういえば、ネズミって二・五倍に増えているんだった……全然ちょっとじゃなくね？

命名って、魔素が大量に持っていかれて力が入らなくなる感じが、なかなかつらいんだよ。

でも、約束は約束だもんな。

「うん、大丈夫だよ。みんな頑張ってくれたから、僕も頑張るさ！」

そんな僕の返事に、ネズミ達が「お、俺達もいいのか!?」とか「進化できるぞぉ！」なんて言って盛り上がる。

そしていきなり大合唱が始まった。

「「ジン様、ばんざーい!!」」

ネズミ達が両手（両前脚？）を上げて万歳している。選挙で当選した議員にでもなった気分だ。

さて、名前はどうしようかなぁ。やっぱりサスケみたいに忍者風の名前にしたい。

「じゃあ、まずは、初めに声をかけてきた君からね」

「オ、オレから⁉　お願いします！」

「君をハンゾウと命名する」

僕の体から魔素が抜け、彼のもとへと向かう。

濃密な魔素が周囲を包み、猛スピードでぐるぐると回りはじめた。種族進化が始まっているようだ。

どんどん行こう。別の雄一体にはコタロウ、雌二体にはチヨメ、アヤメと命名した。

僕の体から凄いスピードで魔素が消えていく。

きっついわ、これ……力が抜け、足元がふらふらしてきた。すると……

〔【命名《めいめい》Lv2】を習得しました〕

……おっ？　命名のスキルか。これで少しでも楽になったらいいなぁ。

しばらくして、全員の種族進化が終わった。

それぞれ【鑑定】させてもらうと、みんな鼠人族《ウェアラット》に進化していた。

サスケと同じ種族だな、よしよし。

ハンゾウは黒に赤みがかった色の短髪ツンツンヘアーで、体つきは細マッチョといった感じだ。

ワイルドな雰囲気のイケメンだな。

コタロウは茶色にウェーブがかかった髪型で、体つきは結構細身だな。目が大きくて可愛い系のイケメンだ。

アヤメは優等生っぽい見た目。黒いストレートのロングヘアーで前髪が綺麗に揃っている。和風の美人って感じ。

最後にチヨメはギャルっぽい見た目だ。茶色のロングヘアーで巻き髪、ところどころ金のメッシュが入っている。肌は健康的な小麦色で、眉毛やまつ毛が整えられていて、可愛い感じだ。

みんな個性的で、ちょっと面白い。

ただ全員美男美女なところはどうかと思う。なぜ僕の顔だけイケメンじゃないのか。せっかく転生したのに、元の顔のままなのはおかしい。

ちなみに、みんな服がないから、体をローブで覆っている。

そのうちサスケみたいに、どうにかして服を作ってくるだろう。

新しい種族に生まれ変わった彼らは、自分の体を見回し、その変化に少し動揺している。

しかしそれも束の間、膝をつき、一斉に臣下の礼をとる。

そしてハンゾウが顔を上げた。気合いの入った満面の笑みだ。

「ジン様、本当にありがとうございます！　これでオレ達、サスケに毎日自慢されずに済みます！」

……もしかして、名前が欲しかったのはそのためなのか？　サスケは後で叱《しか》っとこう。

残りの四十五体も希望に満ちた目でこちらを見ているが……いや、もう無理!!

マジで魔素が全然足りない。これ以上命名したら倒れそうだ。どうしよう？

……地道に集めるしかないかぁ。今日から頑張ることにしよう。

残りのみんなには事情を説明し、一旦命名を終えた。ごめんね。

そのタイミングで、サスケが僕の側にスッと姿を現した。

「ジン様、ご報告です。先ほどこの村の周囲を偵察してきました。いくつか村らしきものを見つけましたが、ほとんどが滅ぼされていました。しかし、まだアンデッド軍に抵抗を続けている村もあるようです」

おお、今までいなかったけど、偵察に行っていたのか。忍者らしさがあってよろしい。

そういえば、豚人族《オーク》なんかも樹海に住んでいるんだったな。それ以外の種族もきっといるだろう。

もしそういった種族が、馬人族《ウェアホース》みたいに平穏を求めて樹海に移住してきたとすれば、アンデッド軍の侵攻は災難でしかない。

確か、アルバスっていう死霊の賢者《リッチ》は、屍粉《ゾンビパウダー》の実験をしているとか言っていた。

もし攻めてきているアンデッド軍も同じ目的だとすれば、邪魔してやりたい。

サスケにその事情を話す。

「その抵抗を続けている村を助けたいんだ。あと、屍人《ゾンビ》になりきっていない敵兵は、捕らえておいてほしい。サスケに任せられる？」

僕が問うと、サスケは力強く頷いた。

「容易《たやす》いことです。ジン様の名において、必ず救って参ります。ただ、アンデッドが無限に再生するとなると、敵を倒しきるのは難しいかもしれません……」

確かにそうだな。どうしたものか……

あ、そういえば、この前覚えたアレがあった。

僕は【収納】から鉄の剣を五本取り出すと、それらに【魔法付与《マジックエンチャント》】で【小回復《ヒール》】をかけて、サスケ達に手渡した。

「これならアンデッドを仕留められるはず。持っていってくれ」

「この剣はまさか、魔法を宿しているのですか⁉」

「そうそう。便利でしょ？」

「……は、はい。このようなことができるなど、世界でもジン様だけでしょう。我々もジン様のお力に近づけるよう、今後も精進いたします！」

なんでそうなる？　サスケは大袈裟だなぁ。

「じゃあサスケ、よろしく頼むよ！」

「はっ、お任せください！」

そう返事をすると、サスケは他の四人と共にスッと姿を消した。

みんな忍者みたいでカッコええ！

◆

……さてと。やっと手も空いたことだし、そろそろ始めるか。

何を始めるかって？　そんなの決まっている。樹海の探検だ。

今僕がいる場所は多分樹海の北東部だ。やはりもっと深部に行ってみるべきだろう。

もしかしたら古代遺跡とか、ダンジョンなんてものがあるかも。楽しみすぎる！

ついでに、魔素集めもやっていこう。ネズミ達を命名したいからな。

誰かを誘おうかと思ったけど、デメテル達は訓練にどハマりしているし、ネズミ達は野営地の改築で忙しそうだ。今回は一人で行くか。

方角はとりあえず南にしよう。

北は砂漠で、東はエデッサの町がある方角だから、行く意味がない。

となると、西か南を目指すしかないのだが、樹海の中央部——つまりここから南西は敵の本部基地があるらしい。そこを避けつつ、樹海の深部がある南の方へ行ってみたいと考えた。

あんまり遠くに行くと、【気配察知】で仲間の気配が感じられなくなって、最悪迷子になるから注意だ。

早速、僕は南に向かって歩き出した。

しばらく進んでみたが、村がある場所と比べて、あまり景色が変わらなかった。

ただ、何度か小規模なアンデッドの集団に遭遇《そうぐう》した。

僕はそいつらを見つけ次第壊滅させ、さらに先へと進んでいった。

うーん、何もない。そろそろ古代遺跡の一つや二つ、見つかってもいいんじゃないか？

そんなことを思っていると、前方から何か聞こえてくる。

「ヴアアァァァアア!!」

……猛獣の鳴き声みたいだ。

音を立てないように気をつけながら声の方へ近づくと、巨大なクマ型の魔物とアンデッド軍が交戦しているところだった。

クマの魔物は【鑑定】してみると、月熊《ムーンベア》という種族らしい。

珍しい状況だから、少し観察することにした。

月熊《ムーンベア》は非常に力が強く、腕を一振りすると二、三体のアンデッド兵が遠くへ吹き飛んでいく。

しかし、アンデッド兵はすぐに復活して、また襲いかかる。それを再び月熊《ムーンベア》が吹き飛ばし……これの繰り返しだ。

しばらくすると月熊《ムーンベア》が疲れはじめ、アンデッド軍がじわじわ優勢になってきた。

やっぱりアンデッド軍と普通に戦うとこうなるんだな。対抗手段がない相手には、もはや無敵だ。

しかし、アンデッド兵はかなり知性が低い。無限の再生能力を盾に突っ込むだけで、お互い連携することはない。でも、樹海の魔物にはそれで十分なんだろう。実際、月熊《ムーンベア》もどうすればいいか分からないみたいだ。

そろそろ月熊《ムーンベア》を助けるか。アンデッドを増やされても困るし、動物っぽい見た目の魔物が襲われているのは、なんだか見ていて可哀想《かわいそう》だ。

僕はアンデッド軍の真横に飛び出すと、いきなり【聖浄光《ホーリーライト》】をぶちかました。一瞬で敵が全滅する。

これで安全だ。さあ逃げろと、僕は月熊《ムーンベア》に手で合図をする。

しかし、月熊《ムーンベア》は相当怒っているらしく、こちらを睨んで唸《うな》り声《ごえ》を上げている。今にも飛びかかってきそうだ。

た、助けたのに、なんで⁉

ここにいては間違いなく危険だ。僕はそう判断し、一目散に逃げ出した。

すると月熊《ムーンベア》がとんでもない速さで追いかけてくる。

やっぱりか！　なぜか敵認定されている！

僕もアンデッドだからか？　結構動物好きなのに、悲しい……

僕は少し落ち込みながらも、必死で森を駆け抜ける。

その後ろを月熊《ムーンベア》は執拗《しつよう》に追いかけてくる。

もはやどちらに向かっているのか分からないが、それどころではない。

止まったら、あの太い腕で殴られるのだ。

もういい加減、諦《あきら》めてくれー！

必死に走る僕の祈りが通じたのか、後方で月熊《ムーンベア》の足が止まるのを感じた。

ほっとして振り返ると、遠くで月熊《ムーンベア》がニヤリと笑ったように見えた。

気のせいか？　疑問に思いながらも、僕はさらに距離を取るべく前を向いた。

すると、鬱蒼《うっそう》とした森は姿を消し、開けた風景が広がっていた。

……え？　なんで？

足元を見ると――視線の先に地面がなかった。崖《がけ》だ。

気づいた時にはすでに足を踏み外し、僕は崖から落下していた。

ぎゃぁあああああ⁉　死ぬーーーーーー‼

なんでこんなところに崖なんかあるんだよ⁉

どうする⁉　そ、そうだ、【物理障壁《フォースバリア》】発動！

ついでに、なんとなく【身体強化】もだ！

……ま、まだ落下してる⁉　どんだけ深いんだよ、ここ！

このまま落ちたら、スキルでも耐えられない衝撃になるんじゃ？

幸《さいわ》い、崖の壁面からの距離は離れていない。

こうなったらもうヤケクソだ。

僕は指をパチンと鳴らし【大地牙《アーススパイク》】を発動した。

崖の壁面から、僕の体を受け止めるように岩の板が次々と迫り出す。

バキバキバキバキバキッッ‼

何枚もの板を貫通するが、落下の勢いは止まらない。

めちゃくちゃ痛い。だがそれを我慢して何度も続け、少しでも落下速度を減少させていく。

そして、ついに地面が見えてきた。

今度は【旋風刃《ウォルウィンド》】を下に向けて全力で放つ。風が多少クッションになることを期待してだ。

ズドーーーーーーーーーーン‼

痛ってぇ！　……けど、死んでない⁉　おっしゃー！

僕は起き上がって、強くガッツポーズする。そして、すぐに辺りを見まわした。

……なんだ、ここ？

周囲に黒い靄《もや》みたいなものが立ち込めている。

鼻から空気を吸い込むと、まるで生ごみが腐ったような酷《ひど》い臭いがする。

うわぁ、ヤバいところに来ちゃったよ。

こんな場所に古代遺跡なんかないだろうし、さっさと戻ろう。

でもそのためには、崖を登るしかなさそうだ。

ロッククライミングなんかできないから、魔法で階段を作って上っていくか。

幸い、崖には太陽の光が差し込んでこないから、上る途中で焼け死ぬ危険もなさそうだ。

そんなことを考えていると、遠くの方から何かが聞こえてきた。

「ガウウゥゥウゥウ!!」

月熊《ムーンベア》とは違う獣の鳴き声だ。

……またさっきのパターンですか？　あんな目に遭ったんだから、もう助けないよ、僕は？

とはいっても、少し気になるので、一応鳴き声のする方に行ってみる。

すると、前方で一匹の獣とアンデッドが戦闘中だった。

その獣は……犬だ。なぜか【鑑定】はできなかったけど、どう見ても犬だ。

顔つきはシベリアンハスキーに似ているな。

毛はゴールデンレトリバーみたいな金色に近い。体高は一メートル以上ありそうだ。

なんていう犬種だろう？　まったく……こんな時に限って【鑑定】が効かないなんて。

それにしても犬はかわいい。元々動物は全般的に好きだけど、犬は特に好きだ。

前世では狭いアパート暮らしで、ペットなんか飼えなかった。

だから、ちょくちょく動画投稿サイトで犬の映像を見てほっこりしていたんだよなぁ。

ちなみに、犬が戦っているアンデッドは、僕が以前戦ったアルバスに似ている。

【鑑定】してみると、やっぱり死霊の賢者《リッチ》だった。かなりの強敵だぞ。

敵は死霊の賢者《リッチ》一体だけかと思っていたら、その後方から次々と下級アンデッドが姿を現す。

ドス黒い大きな沼のようなものがあり、そこから生まれているみたいだ。

犬は下級アンデッドを爪や牙で切り裂き、ことごとく蹴散らしている。

しかし死霊の賢者《リッチ》にはその攻撃が通じないらしく、逆に反撃を受けて傷を負わされている。それに、時折ゲフッ、ゲフッと咳《せき》をして、息苦しそうだ。

もしかして、この靄のせいか？

さっきの沼からボコボコと湧《わ》き上がっている。もはや瘴気《しょうき》と言ってもいいくらいだ。

死霊の賢者《リッチ》もここから生まれたのかな？　なら案外、屍術王《ネクロマスター》もここ出身だったりして。

まあ、それはどうでもいい。問題は犬だ。

このままじゃやばそうだけど、さっきみたいに、助けたのに嫌われたら辛い。

クマならまだしも、犬は僕の好きな動物ランキングトップに君臨する存在なのだ。嫌われたくない。

……ただ、残念ながら、助けないなんて選択肢はないな。

死霊の賢者《リッチ》は詠唱を開始し、【重力球《グラビティボール》】の魔法を放った。

犬に複数の黒球が迫る。

それに対し、僕も犬の後方から同じ魔法を放って相殺《そうさい》した。

「ガ、ガウッ!?」

驚愕して犬がこちらを振り向き、警戒する。

僕はその場で地面をぐっと踏み込んで前方に飛び上がると、犬の頭上を越えて死霊の賢者《リッチ》の前に立った。そしてアルバスを倒した時のように、【武器創造《クリエイトウェポン》】でどデカい槌《ハンマー》を作り出し、それに【魔法付与《マジックエンチャント》】で【小回復《ヒール》】をかける。

そして【身体強化】で一気に距離を詰め、槌《ハンマー》を振り下ろした。

「【聖閃斬《セイントスラッシュ》】!」

死霊の賢者《リッチ》は僕の動きに全く反応できない。

槌《ハンマー》は相手の頭蓋骨《ずがいこつ》を粉々に砕き、その体を焼き尽くした。

これでよしっと。

僕が振り返ると、犬は慌《あわ》ててバックステップで距離を取り、「ガルルルゥ!」と威嚇《いかく》してくる。

知ってた。想定内です。

きっとこれがアンデッドの宿命なのだ。

せっかくの異世界だというのに、犬を飼うどころか、好かれることすらもない。

犬は相変わらず僕を威嚇している。

だがその間もずっと咳をしていて、苦しそうだ。なんとかしてあげられないかな。

……まずは回復魔法をかけてみよう。

僕は指をパチンと鳴らして【大回復《ハイヒール》】を発動した。犬が温かな光に包まれる。

「ガウッ!? ……ゲフッ、ゲフッ！」

傷は綺麗に回復できたが、咳はひどいままだ。なら別の魔法も試してみよう。

僕は再び指を鳴らし【聖浄光《ホーリーライト》】を発動した。強烈な光が犬を照らす。

犬を取り巻く瘴気は浄化できたが、それでも咳は止まらない。

どうやら体の中まで瘴気で蝕《むしば》まれているらしい。

ダメか。もう効果がありそうな魔法がない。

……一か八か、最後に試してみたいことがある。

以前【初期指導《チュートリアル》】のトトが、消化できるならなんでも食べられると言っていた【悪食《ビザールフード》】だ。

僕は犬を蝕む瘴気に狙いを定めて、スキルを発動する。

「【悪食《ビザールフード》】！」

すると、犬の体から真っ黒な靄が引《ひ》き摺《ず》り出され、僕の体へ吸収された。

うげぇ！　なんか胃がムカムカして気持ち悪い！

でも、一応消化できている気がする。

犬の咳も止まっているし、成功だ！

喜んでいると、頭の中にアナウンスが聞こえてくる。

〔【呪怨耐性《じゅおんたいせい》Lv2】を習得しました〕

おっ、なんか覚えた。

あとは瘴気を生み出しているあの沼だな。

近くまで寄ってみると、むせ返るような悪臭がする。

とりあえず、全力で【聖浄光《ホーリーライト》】を放ってみた。

すると沼の表面に染み込んだ瘴気は除去できた。しかし、奥までは光が届かず、全体を浄化するには至らない。

もう沼の中身ごと持ち上げて、一気に浄化してしまおう。

僕は両手で指を鳴らし【旋風刃《ウォルウィンド》】と【聖浄光《ホーリーライト》】を同時に発動する。

沼の真ん中に眩《まばゆ》い光を放つ竜巻が現れた。

その竜巻が沼のヘドロを宙に巻き上げる。

竜巻はドス黒く変色するが、少しずつ浄化が進んで白くなっていく。

沼は今や空っぽの状態だ。

ふと沼の底を覗いてみると、そこにはなんと、おびただしい数の人骨が転がっていた。

またそれと一緒に、鷲《わし》のような紋章が描かれた鎧やマントも落ちている。

なんだよここ……人骨がこんなに集まっているってことは、墓場か？

でもわざわざこんなところに墓なんか作るかな……？

それに、埋められているというよりは、無造作《むぞうさ》に捨てられているみたいだし、ちょっと違和感がある。

しばらくすると、停止していた時が一気に進んだかのように、人骨が次々と風化して、崩れていった。

浄化が終わったようなので、パチンと指を鳴らして魔法を解除する。

上空から透明な水がザァーと落下して、沼があった場所に透き通った池ができた。

そういえば……と、犬の様子を見てみると、尻尾を丸めて小さく震えている。

絶対怖がっている！
ダ、ダメだ、もうこれ以上怖がられたくない。僕ができることはやったし、帰ろう。
犬に小さくさようならを言い、僕は崖に近づいた。そして、魔法で階段を作っていく。

階段と言っても、上面が平らな岩を壁面に作り出していくだけだ。

空を見上げると崖上までかなり高い。しばらく上ることになりそうだ。

大体半分まで上っただろうか。下の方から気配が感じられたので見てみると、さっきの犬が僕の作った階段を利用して、ひょこひょこ上ってきているではないか。

もしかして、あの犬も僕みたいに崖から落ちたのだろうか。

犬を見ているだけでほっこりするが、じっと見ていると、また怖がられるかもしれない。

僕は同じように階段を作っては上っていく。犬も同じように上がってきている。

そして、ついに崖の上に到着した。

僕がここにいては犬も上ってきづらいだろうから、少し離れた場所で待つ。

すると犬も崖を上り終えた。見た感じ、随分元気そうだ。

これで本当に安心だな。村に戻るか。

と、気配を探るが………あれ？　仲間の気配が全く感じ取れない。

そういえば、月熊《ムーンベア》に追いかけられて、かなりの距離を走ったんだった。

「ま、迷った……？」

そう考えざるを得ない。どっちに向かえばいいか、まったく分からない。

こんなに広い樹海で迷子になったら、もう二度と戻れないんじゃ……？

終わった……

途方《とほう》に暮れ、僕はしばらく空を見上げていると……突然、前方で「ガウッ！」という声が聞こえる。さっきの犬だ。

こっちを見て何度も吠《ほ》えている。どうしたんだろう？

いつか犬を飼いたいと思って、犬の行動については動画サイトで学んできたつもりだ。

その知識から推測するに、この吠え方は……空腹だな。

僕は気を取り直し、【収納】から砂漠鰐《デザートカイマン》の肉を取り出した。

「おーい、肉だよー！　一緒に食べようじゃないかー！」

一生懸命話しかける。しかし、犬は首を傾げるばかりだ。

その後も根気強く話しかけていると、ついに思いが通じたのか、犬が近づいてきた。

なんだか「はぁ」とため息をついたような気がするが、犬はそんなことをしないはずなので、気のせいだろう。ちゃんと肉を食べてくれているしな。

そういえば、犬との距離がめちゃくちゃ近い。

……こ、これは仲良くなるチャンスだ！

たしか犬は撫《な》でられるのが好きだとか。背中にそっと手を触れてみる。

な!? なんて柔らかくてふかふかの毛並みだ！ これがモフモフか！

しかし、犬は「キャン！」と叫ぶと、一瞬で遠くへ逃げてしまった。

ああ、嫌われてしまった……一気に距離を詰めすぎたか……

僕が落ち込んでいると、再び犬が近づいてくる。

そして、今度は僕にピッタリと寄り添って、肉を食べはじめた。

僕は勇気を出して、もう一度犬の背中を撫でる。

すると、今度は逃げずに触らせてくれた。

なんてこった……幸せとはこのことに違いない。

やはり犬は素晴らしい。こんな気持ちにさせてくれるなんて、もう感謝しかない。

食事が終わると、犬は再び僕に向かって吠えはじめた。

まだお腹が減っているのかと思って【収納】から肉を出すと、犬は首をぶんぶん横に振る。

どうやら違うらしいが……犬って首振るっけ？

今度は僕のズボンを噛《か》んで引っ張り、ガウガウ吠える。

どうやら自分について来いと言いたいらしい。

犬が進む方へ、僕もついて行ってみる。

しばらく歩くと、なんと先ほどクマの魔物に出会った場所に出た。

その証拠に、僕が倒したアンデッドの亡骸《なきがら》が転がっている。

どうやら犬は僕の匂いを辿り、この場所に案内してくれたようだ。

「おお！　君は天才だ！」

僕がわしゃわしゃ頭を撫でると、犬もガウガウと尻尾を振り、嬉しそうだ。

ここまで来れば仲間の気配が感じ取れるから、村に帰れるぞ。

でも、犬はどうしよう？　ここで別れるのは寂《さび》しいなぁ。

「……ねえ君、僕と一緒に来ない？」

そう誘ってみると、犬は少し考えた後に「ガウッ！」と答える。

いいの!?　おっしゃー！

「じゃあ、早速名前をつけなきゃな」

さすがに犬と呼び続けるわけにはいかない。何がいいか。

トトみたいに、エジプト風で行こう。犬といえばこれだ。

「君の名前はアヌビスでどうかな？」

「……ガウッ！」

アヌビスが返事をした瞬間、僕の体から魔素が抜け出した。

あ、あれ？

魔素はアヌビスのもとに向かうと、その周囲をぐるぐると回り始めた。

この世界は犬にまで命名ができるのか。犬が種族進化したら、いったい何になるんだ？

しばらくしてアヌビスを覆う魔素が晴れた。

すると、アヌビスの体が一回り大きくなり、毛は輝くような黄金色に変わっている。

また、目は元々の茶色から、青と黄のオッドアイになっている。

ふむ。随分変わってはいるが、犬は犬だな。良かった。

「行こうか、アヌビス！」

「ガウッ！」

僕とアヌビスは共に村へと戻った。

◆

しばらくして村に着くと、サスケが戻ってきていた。

「おかえりなさいませ、ジン様！　……と、ところでその魔物はいったいどうしたのです？」

「ただいま、サスケ。魔物って、アヌビスのこと？」

アヌビスをもう一度よく観察するが、どう見ても犬だ。

当のアヌビスも首を傾げている。サスケが何を言っているのか分からないらしい。

「何言っているんだよ、サスケ。アヌビスは犬だよ、犬」

「ま、まさか、命名まで……？」

サスケがなぜかフラッと倒れそうになっている。どうした？

何か誤解があるようなので、アヌビスを連れてきた経緯を説明した。

「ってなわけで、アヌビスはちょっと強くて賢い犬なんだ」

「……ジ、ジン様がそうおっしゃるならば、そう考えることにいたします」

サスケはそう言って僕に深く礼をする。

「ですがジン様、その得体の知れない犬よりも、この私を連れ歩いた方が役に立つかと思います！」

サスケが自信に溢れた様子でそう宣言する。

「いやいや、そもそもサスケは動物じゃないからね？　僕は動物の中で犬が一番好きなんだ。だからこの子がいいんだよ」

「そ、そんな……」

なぜかサスケがこの世の終わりみたいな顔をしている。

「それはいいとして、サスケ、頼んでいた件はどうだった？」

「……はっ」

なんとか気を取り直した様子のサスケが報告を始めた。

「アンデッドに攻め込まれていた豚人《オーク》族の村に加え、小鬼《ゴブリン》族や大鬼《オーガ》族の集落も、いくつか救ってやりました」

「小鬼族《ゴブリン》や大鬼族《オーガ》って、魔物も助けたの？」

「も、もしや、助けるべきではなかったでしょうか……？」

ふむ、そういえば僕もサスケもアンデッドだから、同じ魔物だった。

魔物だからといって助けない理由はないか。それに、これ以上アンデッドを増やされても困るしな。

「いや、とても良い判断だよ、サスケ！」

「は、はい！」

サスケは嬉しそうに尻尾を振っている。

「ジン様のご要望通り、苦しそうにしていた屍人《ゾンビ》は、殺さずに捕らえてあります。なお、我々もアンデッドなので、初めは豚人族《オーク》達に敵対されました」

「そっか……大丈夫だった？」

「もちろんでございます。我々が偉大なるジン様の配下であり、ジン様ならばその者達を治せるかもしれないと教えてやりました。すると、ぜひともそのお力に縋《すが》りたいと、逆に頭を下げられた次第です」

……偉大なるジン様？

「そして、ジン様がどのようなお方か知りたがったので、僭越《せんえつ》ではありますが、我々がジン様の強さと慈悲深さについてもしっかりと説明してやりました！」

うんうんと、後ろにいたハンゾウ達も満足げに頷いている。

いったいどんな説明したんだ？　……怖いから聞くのやめよう。

「そ、そう。今樹海は人も魔物もみんな困っているんだね。屍術王《ネクロマスター》は彼らを実験動物《モルモット》としか見ていないから、降伏なんて認めないだろうしな」

「ご推察の通りかと。どの種族も降伏を考えて意思疎通を試みたようですが、アンデッドからはなんの反応もなかったとのことです」

「……酷いものだ」

屍術王《ネクロマスター》はかなり残虐《ざんぎゃく》な性格らしい。問答無用であらゆる生物を殺害し、アンデッドにしようとしている。

「ジン様。もう一つご報告がございます」

「何？」

「敵側には指揮官らしき者がおりました。おそらく、妖精族《フェアリー》ではないかと思われます。我々がアンデッド兵を滅ぼし、豚人族《オーク》を救出した際に、コソコソ逃げていくのを発見しました。そこで後を追ったところ、やつは敵のアジトと思われる場所に入っていきました」

おお、妖精族《フェアリー》！　でも妖精族《フェアリー》って、ファンタジーだと可愛くて良いイメージが強いけどなぁ。

「妖精族《フェアリー》って、悪い生き物なの？」

「いえ。妖精族《フェアリー》は人も魔物も平等に祝福する尊い存在と見做《みな》されております。ただ、中には堕落《だらく》した者もいるのです」

「なるほどねぇ」

良い妖精族《フェアリー》も悪い妖精族《フェアリー》もいるってことか。

「なお、敵のアジトをしばらく監視していたところ、複数の妖精族《フェアリー》の出入りを確認しました。どうやら連中は、アンデッド軍を撃退したのは馬人族《ウェアホース》だと思っているようです。馬人族《ウェアホース》を一気に滅ぼすために、やつらが持つ強大な戦力を投入するつもりとのこと。『将軍《ジェネラル》』と呼ばれていましたが、それがどのような存在かまでは調べられませんでした」

将軍《ジェネラル》ねぇ。なんか強そうだな……

「情報収集、助かるよ。そうなると、いつここに攻めてくるか分からないし、敵の規模も分からないのは厳しいなぁ」

「いえ、敵のアジトにはコタロウが潜入しています。そのうち敵について細かい情報を送ってくるかと」

潜入!? いつの間に……

サスケ達は【念話《ねんわ》】が使えるから、遠距離でも潜入しながらリアルタイムで情報のやりとりもできる。こやつら、優秀すぎる……

そういえば、いつの間にかハンゾウがちゃんと忍者っぽい服に着替えている。

チヨメとアヤメはくノ一風の格好だ。ただ、アヤメの方は妙に肌の露出《ろしゅつ》が多い。

くノ一なのにかなり目立っている気がする……まあ、いいか。

しばらくすると、コタロウから【念話】で連絡があった。

将軍《ジェネラル》とは、屍人将軍《ゾンビジェネラル》という屍人騎士《ゾンビナイト》の上位種族のことだったらしい。またその配下には屍人騎士《ゾンビナイト》が二体いるそうだ。

屍人将軍《ゾンビジェネラル》が率いる部隊の兵数が二千で、屍人騎士《ゾンビナイト》がそれぞれ五百ずつ、総勢三千の大軍。

進軍を始めるのは二日後らしい。

こっちは全員合わせても百五十ちょっとなのに、あっちは三千を出そうとしているのか？

メチャクチャするな、妖精族《フェアリー》……それとも、屍術王《ネクロマスター》の指示か？

どっちにしても相手は本気で僕達を滅ぼしにきている。

まだ少し時間があるから、何か対策を考えるか。

◆

翌日、僕はデメテルとサスケに声をかけて、作戦会議を開いた。

初めにハンゾウ達とアヌビスをデメテルに紹介する。

特にハンゾウ達は、進化して別の生き物になっちゃったので、きっと何者か分からないだろう。

「お、驚きましたわ。さすがジン様ですね……」

デメテルがそんなことを呟いた。

「え、何が？」

「まさか命名して種族進化させてしまうとは、想像すらしていませんでした。たしか命名には大量の魔素が必要なのでは？」

「うんうん、あれキツイんだよねぇ」

「キツいって……そ、それだけですの!?」

デメテルがさらに驚いて、目を見開く。

「失礼、取り乱しましたわ……魔物は魔素を得ることで強くなり、成長します。そのため、普通の魔物は他者に魔素を送るような真似はしないのです。魔素が減るのは弱体化と同義であり、弱体化は死につながるのですから」

「なるほどねぇ」

「ジン様のように社会性があるというのでしょうか、力を分け与えるようなタイプの魔物は、非常に少ないと思いますわ」

確かに、弱体化するのはリスクが高いよな。

弱肉強食の世界を生き抜くには、自分自身が強くならないと、どうしようもない。

けど、僕は別に最強の魔物を目指しているわけじゃないから、簡単にやられないくらいの強さがあれば十分だ。

そんなことより、ネズミ達とは約束があったから、それを守る方がよっぽど大事だ。

まあ、仮に弱体化してやられちゃったとしても、僕には【不死《アンデッド》】の能力があるから、復活できる。

多少の無茶は承知の上なのだ。

「あんまり弱体化しすぎないように気をつけないとね。さて、じゃあ作戦会議を始めよう」

まずは敵の陣容をデメテルに伝える。

三千の兵、屍人将軍《ゾンビジェネラル》、屍人騎士《ゾンビナイト》というキーワードが出るたびに、彼女の顔色が青ざめていく。アンデッドの僕よりも顔が青いかもしれない。

僕と違って、彼女は冒険者として経験豊富だ。きっと魔物の強さとか恐ろしさが分かるんだろうな。

「次は敵が攻めてくるルートについてだ。これまで見てきた限り、敵のアンデッド兵は知性が低く、複雑な作戦を遂行《すいこう》できるとは思えない。おそらく、アジトからこの村にまっすぐ進軍してくるだろう。そこでちょっとした罠を仕掛けようと思うんだ」

昨日の夜、良い戦い方がないかと、あれこれ考えた。

【炎熱嵐《ファイアストーム》】みたいな範囲魔法で攻撃するのはどうかと思ったけど、樹海へのダメージが大きすぎるのでやめた。

どんな生物が棲んでいるかも分からないし、森林破壊は後々自分達を苦しめるだけだ。

他の案を考えていたら、ピラミッドの罠を思い出した。

ピラミッドでは何度も屍人騎士《ゾンビナイト》を罠に嵌めたことがある。

三千の兵はその屍人騎士《ゾンビナイト》よりも低位のアンデッドだし、罠にかけるのは難しくないんじゃないか。

それに、罠を使って敵を倒せるなら、味方が攻撃を受けるリスクが断然低くなる。

デメテルはその考えに賛成なようだ。

「なんと、それは素晴らしいですわ！　罠はジン様が設置なさるのですか？」

「そうそう。僕が作って、ネズミ達に囮役《おとりやく》をやってもらうつもりなんだ」

ちなみに、罠といっても、【聖浄光《ホーリーライト》】の魔法陣をバレないように設置して、敵がその上を通ったら遠隔操作で起動するだけだ。

魔法陣の遠隔操作なんてやったことないけど、なんとかなる気がする。

正直、これでできる限り敵の数を減らさないと、話にならない。

もし普通に戦えば、簡単に数の暴力で押《お》し潰《つぶ》されてしまうだろう。

だからせめて八割、いや九割は倒してしまいたい。何せ、それだけ倒したって、敵はあと三百体も残るのだ。

「承知しました。では、屍人騎士《ゾンビナイト》と屍人将軍《ゾンビジェネラル》はどうしましょう？　屍人騎士《ゾンビナイト》はBランク上位で、屍人将軍《ゾンビジェネラル》に至ってはSランクの怪物。以前戦った死霊の賢者《リッチ》よりも強力な魔物です。正直、私にはとても勝てる相手とは思えませんわ……」

え、Sランク⁉

デメテルがかなり絶望的な顔をしているから、相当強いんだろうな。

そもそも彼女は、この前死霊の賢者《リッチ》率いるアンデッド軍から酷い目に遭わされたばかりだ。なのに、またしても似たようなことが続くなんて、悪夢以外の何ものでもない。

それに、馬人族《ウェアホース》は町に行けば他の獣人に蔑まれるし、樹海に住めばアンデッドに攻められるしで、ちょっと不遇すぎる。

ここは彼らを庇護する立場の僕がなんとかしないと。

「敵は僕達に任せてほしい。まあ、なんとかなるさ。だからデメテルは村の方を頼むよ。みんなを守ってあげてくれ！」

「……え？　わ、分かりましたわ……」

そう返事をすると、彼女は申し訳なさそうに視線を落とした。

サスケは何かを考えている様子だったが、ついに口を開いた。

「ジン様、我々は妖精族《フェアリー》も担当したいのですが、いかがでしょうか？　こちらが勝利した場合、やつらはこれまで同様に逃走すると思われます。三体のうち二体は始末し、一体は屍術王《ネクロマスター》のいるアジトへ案内させるために、わざと逃します」

あ、妖精族《フェアリー》を忘れていた。

「それは良いかも。ちなみに、妖精族《フェアリー》って強いんじゃない？」

「いえ、やつらは戦いを見ているだけで参加もせず、負けると一目散に逃げ出す臆病者《おくびょうもの》です。力も信念も持たない単なる屍術王《ネクロマスター》の使い魔といったところでしょう」

辛辣《しんらつ》……サスケが話を続ける。

「妖精族《フェアリー》は基本的に魔法が得意なのですが、我々はハムモン様から教えていただいた【魔法障壁《マジックバリア》】を持っております。どうぞご安心を」

そういえば、サスケにはハムモンに師事するよう伝えておいたんだった。

スキルも習得していて、偉いぞ。

「そっか！　ハムモンは元気にしてた？」

「それはもう恐ろしいほどに……ハムモン様からジン様宛に『そのうち樹海へ遊びに行く』という

伝言もいただいております」

マジか。門番の割に、随分気軽に外出するなぁ……

それに遊びに行くとか、樹海ってそんなところじゃない気がするんだけど。

まぁ、ハムモンなら魔物もビビって近寄らないか。

「もし来るなら、ハムモンを歓迎しなきゃいけないな。じゃあサスケ、妖精族《フェアリー》達は頼んだよ。僕はそっちのサポートができないだろうから、やばそうだったら逃げてね。任務よりも命の方が大事だから」

「はっ！」

そうして、作戦とは言えないような作戦を話し合い、会議は終了した。


その後はネズミ達の命名を行うことにした。

昨日アヌビスの命名で魔素を使ったけど、【命名】スキルのおかげか、それほど減っていない。

名前がどうしても思いつかないから、もう最後の手段で「ネズ」＋《プラス》五十音一文字で名前を作ることにした。申し訳ないが、無理なものは無理なのだ。

ネズミ達自身に名前をつける順番を決めてもらった。

樹海の探索でそれなりに魔素が集まったけど、どのぐらいいけるかな。

ネズア、ネズイ、ネズウ……ネズス、ネズセ、ネズソ。

なんとか一度に十五体命名できた。ネズミ達が次々と鼠人族《ウェアラット》に進化していく。

僕の体は相変わらずフラフラだが、聞こえてくる鼠人族《ウェアラット》達の嬉しそうな声に安心する。

あと三十体。先は長い。長すぎる！

次に魔法陣の遠隔操作を試してみると、思った以上に大変だった。

適当に森の中に魔法陣を書き、遠くから起動しようとしたが、全然上手くいかない。

起動するには魔力が必要なんだけど、魔法陣の位置が正確に分からないから、ピンポイントで魔力を送り込めずに失敗するのだ。

色々考えてみたけど、良いアイディアが浮かばなくて焦った。

もうみんなにやるって言っちゃったよ！

いくら考えてもダメそうだったので、気分転換も兼ねて、先にどんな罠にするか考えることにした。

魔法陣に土を満遍なく被せて、それっぽく上に草なんかも置いてみる。

これはこれで結構楽しい。

せっせと作業を進めていると、突然【罠探知《わなたんち》】が反応した。

おお!?　これで魔法陣の位置が把握できるじゃん！

もう自画自賛ですよ。こんな方法を見つけた自分を褒めてあげたい。

ちょっと裏技的な手段で、なんとか魔法陣の遠隔操作はできるようになった。

あとは森に入って、敵が進軍してくるであろうルートの両脇に、魔法陣の罠を十箇所《かしょ》設置しておいた。

念のため、一度に約五十体の魔物を倒せるくらい巨大な魔法陣にしてある。作るのがめちゃくちゃ大変だった。

最後の準備は鼠人族《ウェアラット》向けの武器だ。せっかく人型に進化したので、その強みを活かしたい。

【収納】の中に山ほどある鉄の剣を取り出して、【魔法付与《マジックエンチャント》】で【小回復《ヒール》】をかけていく。

これを人数分用意して、みんなに配った。

◆

翌日、コタロウから連絡が入った。

事前の情報通り、ついに軍がアジトを出発したとのこと。

妖精族《フェアリー》はそれぞれの部隊に一体ずつ付いていて、計三体いるみたいだ。

コタロウも敵に見つからないようにしながら僕達に合流する予定らしい。

敵の軍団は、進路を阻《はば》む木や蔦《つた》などの植物を薙《な》ぎ払《はら》って、森を直進しているらしい。

コタロウから敵兵の情報も送られてきた。

将軍《ジェネラル》が率いる兵は骸骨戦士《スケルトンウォーリア》と骸骨弓士《スケルトンアーチャー》。

屍人騎士《ゾンビナイト》の方は屍人戦士《ゾンビウォーリア》や屍人術師《ゾンビマジシャン》とのこと。

どれもピラミッドの二階や三階に出現するレベルの魔物だし、それほど強くはないな。

敵の隊列は、先頭から屍人騎士《ゾンビナイト》、屍人騎士《ゾンビナイト》、屍人将軍《ゾンビジェネラル》の順で、縦一列に進軍しているという。

こちら側は朝早くから動き出し、既に戦いの準備は済んでいた。

罠作戦を実行するため、村から百メートルほど出た辺りで陣を構えることにした。

これ以上は村に近づかせたくない。

また、もし危なくなっても、この辺りなら村に退却するのに時間はかからない。

ただしそれは最悪の状況だから、なんとしてでも避けなくてはならない。

ちなみに、アヌビスは村に置いてきた。

妙についてきたがっていたが、戦場にかわいい犬を連れて行くなんて、あり得ない。

敵を待っていると、後方から誰かが走ってくる足音がした。

振り向くと、デメテルだった。

「ジ、ジン様！　私も一緒に戦わせていただけませんか⁉」

「もちろんいいけど、村は大丈夫？」

「はい、マリナ達がいれば十分ですわ！　やはり、ジン様に全てをお任せして、馬人族《ウェアホース》が何もしないわけにはまいりません。あまりお役に立てないかもしれませんが、どうかお願いいたしますわ！」

「そっか。じゃあ頼む！」

デメテルの武器にも聖属性の魔法をかけておく。

これでこちらの戦力は、サスケ達とデメテル、僕を合わせて全部で五十二か。

三千対五十二なんて、笑っちゃうような戦力差だ。

まあ、泣き言を言っていても仕方がない。やるしかないんだからな。

しばらくすると、やっと僕の【気配察知】に引っかかるくらいまで、敵が近づいてきた。

「ジン様、ただいま戻りました」

気配なく姿を現したのは、コタロウだった。

「お疲れ様、コタロウ。凄く助かったよ！」

「は、はい！」

「よし、作戦開始だ！」

僕がそう言うと「「「おう！」」」とみんなが応える。

ネズミ達には作戦の要《かなめ》とも言うべき役割について説明してある。

単純に言うと、囮だ。具体的には、アンデッドの兵に対して少数で攻撃を仕掛ける。その際、できるだけ敵のヘイトを集めて注意を引く。

ある程度攻撃を加えたら、撤退するように見せて罠に誘い込む。アンデッドは知性が低いので、きっと上手くいくはずだ。

ネズミ達は前方に向かって駆け出した。こやつら、しれっと【身体強化】を使っているな。ハムモンから教えてもらったのかな。やっぱり優秀だわ。

頼もしいネズミ達が視界から消えるのを眺《なが》めながら、僕は【気配察知】で敵の動きを把握する。

敵は三つの部隊が少し間隔を空けて縦に並び、まっすぐ進軍してきているようだ。

僕はサスケを通して【念話】でネズミ達に敵の陣形を伝える。すると彼らから、早速攻撃を開始していいか照会が来た。

アンデッド相手に宣戦布告など不要だろう。「攻撃せよ」と伝える。

作戦では、三十体のネズミが六つの小隊に分かれ、二部隊ずつで攻撃を仕掛ける手筈《てはず》になっている。

早速、最初の二部隊が、屍人騎士《ゾンビナイト》率いる部隊へ攻撃を開始した。二部隊は敵兵の列を挟撃《きょうげき》する。ある敵を攻撃しては離れ、別の敵を攻撃しては離れる……を繰り返す。こうして、できるだけたくさんの注意を引き、ヘイトを集めるのだ。

敵も反撃はしているようだが、ただでさえ動きが速いのに、【身体強化】でさらに素早さが増したネズミを捕らえることはできないようだ。

しかし……変だな。もっと多くの敵兵が反撃してくると思っていたけど、ネズミ達が攻撃を加えた兵しか反応していないみたいだ。

他はまるでネズミ達を無視しているかのように進軍している。

ネズミ達はある程度ヘイトを集めたと判断し、罠に誘い込むとのこと。

ネズミの二部隊は、敵と離れすぎないよう注意しながら、罠のある左右の脇道へ少しずつ誘導していく。

敵は僕が作った罠の存在に気づかず、まんまとその上を通っていく。誘い出された敵が全員魔法陣の上に乗ったのを確認し、僕は指を二回鳴らした。

左右の魔法陣が発動すると、【気配察知】から敵の姿が消えた。罠は上手く動いたらしい。

そして次の二部隊がアンデッド兵への攻撃を始めた。

しばらくこの流れを繰り返したが、倒せたアンデッドは百体程度。

このペースじゃあ間違いなく半分以上が僕達のところまで辿り着いてしまう……

そんなことを考えていると、作戦を遂行したネズミから、想定よりも敵を引きつけられなかったという報告と謝罪の連絡があった。

いやいや、ネズミ達が謝ることは何もない。僕の想定が間違っていたんだ。

敵兵はネズミ達の存在を無視してこちらへ突き進んでくる。魔物がそんな行動に出るなんて、想像できなかった。

やつらの知性が低いことには気づいていた。でも、まさかここまでとは思わなかった。

魔物は本能的に魔素を求める存在だ。人間に食欲があるように、魔物にも魔素を求める欲求がある。

近づいてきた相手は魔素を得る格好の獲物。

だからこそ、今回の囮作戦は上手くいくはずだった。

でも違った。この兵達はもはや魔物ですらない。人形だ。

屍術王《ネクロマスター》に意志を奪われ、命令に従うことしかできない哀《あわ》れな傀儡《くぐつ》。

そんなこと、予想できるはずがない。

いったいこれだけの軍団をどうやって止めればいいんだ……？

もしまた村に攻め込まれてしまったら……

こんな時、トトに相談できたら、「ご安心ください」なんて言って、色々アドバイスをくれそうなんだけど。

……でも、今トトはいない。

一旦落ち着こう。いざとなれば、村を捨ててでも、全員で逃げてしまえばいい。命が一番大事だし、みんなを逃がすくらいは僕の力でなんとでもなるはずだ。

まずは対策を考えろ。何かあるはずだ。

敵兵がなんらかの命令を受けて動いているのは間違いないだろう。どんな命令だ？

敵はネズミ達を無視して、村へ一直線に向かっている。

きっと「馬人族《ウェアホース》の村を滅ぼせ」みたいな命令じゃないかな。

また、直接攻撃を受けた兵は個別で反撃するようだが、部隊全体で反撃してくることはない。

……いや、できないのか？　命令がないからできない？

敵が部隊で攻撃を仕掛けてこないなら、最悪でも一対一、強い相手なら二対一や三対一にしてしまえばいい……そう考えると、結構有利なんじゃ？

もしかして、僕達がこうして村の外で迎え撃つとは思っていなかったのかもしれない。

前回のように村で籠城すると踏んでいたのだろうか。

こちらの戦力は数の面で圧倒的に負けているから、普通なら打って出るなんて自殺行為だもんな。

罠作戦は見事に玉砕《ぎょくさい》したけど、結果的に相手の弱点が見えてきたかも。

となると、やっぱり敵が村に到着するのはまずそうだ。そうなればやつらは下された命令を遂行できるようになり、部隊として本来の力を発揮するだろう。

つまり、今が絶好のチャンス。

村に近づかれる前に倒すしかない。

もう敵兵の姿が肉眼で見えはじめている。時間がない。

僕はデメテルとサスケ達に、今考えた仮説を伝えた。

「なるほど。それはなんとも、つまらない相手ですね……」

サスケから予想外の言葉が返ってきた。凄く残念そうなんですけど!?

「うん、そうだねぇ。一体ずつ相手にすればいいなら、どれだけ数がいようが、オイラ達の敵じゃないよ。もしかして今回の敵って間抜けなの？」

「数的優位を捨てているようなもんだよな？　間抜けだろ。がっかりだぜ」

コタロウとハンゾウも呆れた様子だ。

……そう言われてみると、間抜けなのか？

それにしても、みんな凄い自信家だな。サスケが増えたような感覚だ。

「ちょっとあんた達、まさか気づいてないの？　相手が無能なのを見抜いたジン様が凄いのよ！」

「そ！　さっすがジン様、ぱねぇっす！」

なんかチヨメとアヤメに褒められている。それを聞いて、サスケ達も「おお！」なんて感激している。

勝手に僕が凄いことになっているのは謎だが、今は突っ込んでいる余裕がない。

「ジン様、屍鬼鼠《グールラット》どもにも今のお話を伝えておきました。早速攻撃を始めてもいいでしょうか？」

仕事早ぇな、サスケ！

「みんな、本当に大丈夫か？」

正直心配だ。はたから見れば三千の兵に無策で突撃する五十二の兵。

僕の見立てが間違っていればおしまいだ。

「どうかご安心ください。ジン様に楯突《たてつ》く者は、我々が皆殺しにいたします」

サスケの発言が恐いが……まあいいか。今は頼もしい。

「分かった。なら始めよう」

「「「はっ！」」」

サスケは伝令係として残り、四人の鼠人族《ウェアラット》は姿を消した。

それを追うように、他の鼠人族《ウェアラット》も姿を消す。

「ジ、ジン様、彼らはどの程度の強さなのです？　まるで敵を恐れる様子がありませんが……」

「実は僕もよく分からないんだよね。結構強いとは思うけど」

デメテルとそんな話をしている間に、すでにハンゾウ達は敵のもとに辿り着いていた。

彼らはネズミ達と合流すると、連携しつつ敵への攻撃を開始する。

まもなく、屍人戦士《ゾンビウォーリア》や屍人術師《ゾンビマジシャン》の兵がバタバタと倒れはじめた。

一方的にこちら側が攻撃を加えているらしく、ものの数分で敵部隊の半分が壊滅した。

つ、強い！　こんなに強いのか、みんな!?

鼠人族《ウェアラット》が強いのはまだ理解できるが、ネズミ達までこんなに強かったなんて。

みんなが傷つくのを心配していたが、どうやら杞憂《きゆう》だったみたいだ。

僕が一生懸命考えた罠作戦とはなんだったのか？　色々準備が大変だったのに……

「わ、私も行きますわ！」

デメテルも鼠人族《ウェアラット》の戦いぶりを見て気合いが入ったらしい。敵の方に走り出した。

……僕のやることがない。

サスケはなぜかこちらを見てニコニコ嬉しそうにしている。余裕だね？

はっ！　……そういえば、敵兵は聖属性の攻撃じゃないと復活するはずだ。

鼠人族《ウェアラット》には【小回復《ヒール》】のかかった剣を持たせたが、ネズミ達にはそんな攻撃手段はない。つまり、ほとんどの敵は復活するはずだから、まだ僕の出番はあると見た。

「サスケ、僕達も行くぞ！」

「は、はいっ！」

ふふふっ、ヒーローは遅れて登場するのだ！

現場に着くと、もう敵兵が九割がた倒されていた。

とはいえ、またすぐに立ち上がってくるはず。

そう思ってしばらく待ち構えるが、一向に動き出す気配がない。なぜだ……？

「ジン様、どうやら我々が持つスキル【爪術《そうじゅつ》】の武技【毒爪《ポイズンクロー》】の効果で、アンデッドどもは猛毒に冒されているようです。その継続ダメージで復活することができなくなっているのでしょう」

ええ!?　マジか……

敵はみんな毒耐性を持っているはずだけど、それを超えるほどの猛毒ってこと？

それでアンデッドの動きを止められるとは驚きだ。みんな優秀すぎるぞ。

……じゃあ僕は、魔素集めも兼ねて、とどめを刺していくか。

聖魔法を放つと一気に攻撃できて楽なんだけど、仲間に当たるかもしれないので、やめておこう。

【収納】から真銀《ミスリル》の剣を取り出して、一体一体斬りつけていく。

その度に相手から魔素が抜けて、僕に吸収される。

タダで魔素をゲットしているみたいでなんか微妙な気分だ。

「きゃあああ!?」

そんな中、突然叫び声が聞こえてきた。

この声は、デメテル!?

急いで声が聞こえた方を見ると、なんと屍人騎士《ゾンビナイト》が【死突《デススタブ》】を放ち、彼女に迫っていた。

くそっ、僕が目を離したせいだ！　間に合うか!?

すぐさま【身体強化】を発動し、地面を踏み込もうとした。

しかし、突然デメテルの前に二つの影が姿を現す。

ギギィイイン！

影は手にした剣を同時に振り下ろすと、屍人騎士《ゾンビナイト》の突きを弾き落とした。

影の正体はチヨメとアヤメだった。

屍人騎士《ゾンビナイト》は分が悪いと判断したのか、バックステップで距離をとった。

「デメテル殿、ここは危険です。あまり前に出ると、お守りできませんよ」

「アピりたい気持ちは分かるけどぉ、ガチで危ないし、下がってくれるぅ？」

「は、はい。ご迷惑を、おかけしました……」

僕が急いでデメテル達に近づくと、そんな会話が聞こえてきた。

「大丈夫だった、デメテル？」

「はい、お二人に助けていただいたので……」

「そっか。二人とも、よくやったぞ！」

そう声をかけると、チヨメとアヤメは「そ、そうですかぁ？」なんて言って照れている。

すると、今度はハンゾウが僕達の前に飛び出してきた。

「こいつはオレが頂くぜぇ！」

まるで盗賊みたいな言葉を叫び、彼は屍人騎士《ゾンビナイト》に向かって突っ走る。

屍人騎士《ゾンビナイト》は再び剣を構えると、ハンゾウに向かって【死突《デススタブ》】を放った。

ハンゾウは軽やかな動きで宙に飛び上がり、その攻撃をかわす。

そして落下の勢いを剣に乗せ、屍人騎士《ゾンビナイト》の頭に叩きつけた。

バギギィイイ！

……ゴトッ
強烈な打撃を受けた屍人騎士《ゾンビナイト》の頭が地面に転がり落ちた。

しかし、すぐにカタカタと動き出し、元の位置に戻ろうとする。

あれ、聖属性の攻撃をまともにくらったのに、まだ生きている？

いや、剣にかけた【小回復《ヒール》】が消えているみたいだ。

こんなに早く消えてしまうとは思わなかった……

もしかしてヤバいか!?

すると、ハンゾウはその剣を地面に捨て、手の爪を剥《む》き出《だ》しにした。

その爪から濃緑色の煙がモクモクと立ち上る。

「死ねやぁ！　【毒爪《ポイズンクロー》】！」

胴体に深々と爪が突き刺さり、毒が屍人騎士《ゾンビナイト》の体に浸透していく。

すると、屍人騎士《ゾンビナイト》は全身をガクガクと震わせながら地面に崩れ落ちた。

「Bランク上位の魔物である屍人騎士《ゾンビナイト》をここまで簡単に倒してしまうなんて……」

デメテルが驚愕している。

僕もびっくりだよ。元はあんなに小さかったネズミが、ここまで成長するとは。

なんか自分の子供が成長したように嬉しい。

ハンゾウの活躍が気に入らないらしく、コタロウが「オイラの獲物だったのに！」なんて文句を言い出した。

そして取っ組み合いの喧嘩が始まった。仲良しだな、あの二人。

ふと僕の【気配察知】に一つ気配が引っかかった。前方の木の陰に何かが隠れている。

「サスケ、多分あそこに妖精族《フェアリー》が――」

「はっ！」

サスケも気づいていたようで、すぐさまハンゾウとチヨメに始末を命じる。
二人はスッとその場から姿を消した。
最初は焦ったけど、なんとか一つ目の部隊は倒せたな。
でもこれだけあっさりやられたんだから、敵も何か対策を練ってくるに違いない。
次の部隊が近づいてくる前にチクチクとアンデッドのとどめを刺しておく。

少しして、次の部隊が現れた。
陣形には変化が……ないな。全く同じだ。ならこちらも同じ作戦で様子を見よう。
さっきは上手くいったのだから、やり方を変える方がリスキーだ。
それをサスケ達に伝えたところで、再び戦闘が始まった。
今回は安全を考慮して、デメテルへ僕の側にいるよう頼んだ。
もし彼女に怪我でもさせたら、エヴァあたりに何をされるか分かったもんじゃない……
さて、相手は兵への命令を変えてきただろうか？
……ん？　変わってない？　相変わらずこっちは一対一以上で戦えている。
もしかして、あいつらは命令を変えられないのか⁉
だとしたら相当な欠陥《けっかん》だぞ……？
ただ、こちらもさっきより倒すペースが落ちているみたいだ。さすがに疲れているな。

みんな【身体強化】や【物理障壁《フォースバリア》】を併用して立ち回りながら、必殺の一撃に【毒爪《ポイズンクロー》】を使っている。普通に戦うだけでも体力を消耗するけど、スキルを使用すると魔力も消費するから、相当きついはずだ。

そろそろ僕の出番か？

なんて思ったのに、コタロウとアヤメのやる気が凄すぎる。

「みんな、ジン様にオイラ達の力をお見せするんだ！」

「手ぇ抜いたらどうなるかぁ、分かってるよねぇ？」

そんな言葉で部下を鼓舞《こぶ》したり、脅《おど》したりして働かせている。

しかしその二人が一番忙しく動き回り、一番多く敵を倒しているのだ。

……やっぱり、やることないわ。黙って敵兵のとどめでも刺すか。

今度はデメテルも加えて、チクチクとアンデッドの息の根を止めていく。

兵をほとんど倒し終えたところで、屍人騎士《ゾンビナイト》が現れた。

今度はコタロウが戦い、ハンゾウに勝《まさ》るとも劣らない戦いぶりで屍人騎士《ゾンビナイト》に完封勝利を収めた。

またしても妖精《フェアリー》の気配が感じとれたので、サスケがコタロウとアヤメに始末の指示を出す。

これで残りの敵は、屍人将軍《ゾンビジェネラル》が一体と兵が二千か。

……あと二千って、多すぎる！　何を考えているんだ、妖精《フェアリー》は！

そんなことを心の中で叫びながら、一旦仲間の状況を整理する。

今ここにいる鼠人族《ウェアラット》とネズミ達はアンデッドなので、休憩なしでも体力は問題ない。だが魔力は減っているし、精神的な疲労も見えはじめている。

僕自身が突っ込んで、スキルと魔法でゴリ押しすれば、ある程度の兵は倒せるかもしれない。けど、屍人将軍《ゾンビジェネラル》との戦いまで持たない気がする。

【悪食《ビザールフード》】でバクバク敵を吸収し続ければ、どうにかなるか……？

「ジン様。二千の兵など我々がなんとかしますので、ジン様はどうぞご心配なさらないでください！　そうだな、みんな？」

「「お、おー……」」

サスケが僕を元気づけようとしてくれる。

不安そうな顔していたかな？　サスケは僕のことをよく見ている。

でも、どうやら部下のことは全然見えていないらしい。みんな凄く辛そうだからな。

さすがにこれ以上任せるのは可哀想だし、魔力が切れたら彼らでも危ない。

一人でも仲間が欠けるようなことは嫌だ。

何か良い手はないかと、【収納】の中を覗いてみる。

すると、黒紫色の禍々《まがまが》しいオーラを放つアイテムが目に留まった。『不死者の杖』だ。

前に見た時はこんなオーラが出ていなかったから、何かに反応しているようだ。

不死者の杖だし、アンデッドに反応しているのかも。ここ、アンデッドだらけだし。

以前杖を【鑑定】したら、〔アンデッドが使うと真の力を発揮できる〕と書いてあった。

試しに使ってみるか。

【収納】から取り出して持ってみた。先端に髑髏《どくろ》がついたイカつい杖だ。

うーん、どうやって使うんだろう。振り回したり、適当に念じたりしても、何も起きない。

……ダメだ！　使えないわ、これ。

別のアイテムを探そうと思い、杖をグサッと地面に突き刺した。

すると次の瞬間――

ズズズズッ！

ぐあっ！　魔素が奪われた⁉

まるで引き摺り出されるような感覚。なんだ、この杖⁉

杖は僕から奪った魔素を地面へと流し込んでいく。

魔素は意思を持ったかのように、ある方向へと突き進む。

その先には、先ほど倒した屍人騎士《ゾンビナイト》の亡骸があった。魔素がその中に入り込むと、たちまち傷が修復されていく。

すると再び目に赤い光が宿り、屍人騎士《ゾンビナイト》がゆっくりと立ち上がった。

なんじゃこりゃあ！　屍人騎士《ゾンビナイト》が復活した⁉

……うわっ！　こっち見た！

と思ったら、屍人騎士《ゾンビナイト》は地面に片膝をついて、頭《こうべ》を垂れた。どういうこと？

……むっ？　よく見たら屍人騎士《ゾンビナイト》だけじゃない。

さっき倒した兵も、どんどん復活している。

なんだ？　いったい何が起きているんだ……？

いつの間にか、僕達は数百体の兵に囲まれていた。そして彼らも屍人騎士《ゾンビナイト》のように臣下の礼をとる。

「ジ、ジン様、これは……!?」

デメテルが慌てて聞いてくる。

「僕もわけが分からない……ただ、どうやらこの杖が原因みたいだ……」

地面に刺さった不死者の杖は、先ほどよりも禍々しいオーラを放っている。

周りのアンデッドは、どうやら敵意がなさそうだ。

ちょっと話しかけてみるか。

「あのー、君達は何をしているのかな……？」

アンデッド全員に聞こえるよう言ったつもりだが、誰も返事をしてくれない。

聞き方が悪かったのか、そもそも言葉が通じないのか。

……みんな膝をついていて、なんか話しにくいな。

「まずは立ってもらえない？」

次の瞬間、全てのアンデッドがザッと立ち上がり、こちらに顔を向けた。

怖っ！　一糸乱れぬ動きとはこのことか……

そういえば、今言葉が通じたな。

「みんなが復活したのは、この杖のせい？」

僕が質問すると、アンデッド全員が一斉に頷く。

怖《こえ》ぇよ。もうアンデッド全員に話しかけるのやめよう。

「ジン様。この者達はジン様が蘇《よみがえ》らせたアンデッドですので、ジン様の命令に従うのではないでしょうか。魔素を代償にしていることから、使役《しえき》に類似するものかと愚考します」

さっきから思案げにアンデッドを見ていたサスケが意見を言った。

「なるほど」

確かにそうかもな。今度は全員じゃなくて、屍人騎士《ゾンビナイト》だけに聞いてみよう。

「君は僕の命令に従うの？」

すると屍人騎士《ゾンビナイト》は首を縦に振った。

へえ、これが本当なら、かなりの戦力アップになるぞ。

不死者の杖に気を取られていたら、結構な時間が過ぎていたらしい。敵の本隊が接近してきている。

妖精《フェアリー》を探しに行ったハンゾウ達はどうしているかサスケに聞こうと思ったら、もう戻ってきていた。

「妖精《フェアリー》はどうだった？」

ハンゾウに聞いてみる。

「はっ。すでに始末してきました！」

さすがです。忍者最高です。

さて、ここからどうしよう。せっかくだし、このアンデッド達に頑張ってもらうか。

前線は彼らに任せて、僕達は後方で休みながら戦おう。

そうすれば鼠人族《ウェアラット》とネズミも安全だし、魔力切れを起こすこともないはずだ。

僕は地面に刺さっていた不死者の杖を抜き、初めに倒したアンデッド達の亡骸に近づく。

今度は自分から杖に魔素を流し込んで、一部隊を全員復活させておいた。

これでアンデッド兵千体が味方になったわけだ。戦力差が縮まってきたな。いいぞ！

ついに緑の濃い林の中から敵の本隊が姿を見せはじめた。

相手はこれまでと同じ陣形で、ただただまっすぐ進んでくる。

違いといえば、敵兵の種族が骸骨戦士《スケルトンウォーリア》になっていることか。骸骨弓士《スケルトンアーチャー》の姿はないらしい。

じゃあ、これまでと同じように戦闘を続けていくか。

こっちは二部隊いるから、相手の部隊を左右から挟み撃ちにしたらどうだろう。

片方の部隊が相手の攻撃に耐えている間に、もう片方の部隊が背後から強襲するのだ。

なんか軍師になったみたいで楽しい。

では、戦いを始めよう。

早速屍人騎士《ゾンビナイト》に指示をすると、まず片方の部隊が突撃を開始した。

先頭にいる数百の兵に左方向から攻撃を加える。

剣と剣がぶつかり合い、あちこちから大きな金属音が鳴り響く。

少し時間をおいて、もう片方の部隊も駆け出した。

左の部隊と交戦中の相手に対し、背後から襲いかかる。

屍人戦士《ゾンビウォーリア》は無防備な骸骨戦士《スケルトンウォーリア》の背中を次々と剣で斬りつける。

しかしほとんどダメージが与えられないようだ。どうやら敵は【斬撃耐性《ざんげきたいせい》】を持っているらしい。

でもそんな耐性を軽々超えてダメージを与える者がいた。屍人騎士《ゾンビナイト》だ。

彼は直線上にいる敵兵を【死突《デススタブ》】で串刺《くしざ》しにし、周囲の敵兵を【死舞《ロンド》】で薙ぎ払う。

一体で敵十体以上を瞬《また》く間にバラバラにしてしまった。

やはり圧倒的に強い。反対側ではもう一体の屍人騎士《ゾンビナイト》も同じように暴れている。

屍人戦士《ゾンビウォーリア》は接近戦でどうしても敵に劣るので、たびたび剣の攻撃を受けている。

だが屍粉《ゾンビパウダー》の強い再生能力は失っていないので、ダメージを受けてもすぐに回復し、倒れることなく壁役《タンク》として機能している。

その後ろから屍人術師《ゾンビマジシャン》が【火球《ファイアボール》】を放ち、屍人騎士《ゾンビナイト》が倒した敵兵にとどめを刺していく。

しばらくして再生し、また襲い掛かってくる敵兵も少なくないが、結局屍人騎士《ゾンビナイト》に倒されるだけのようだ。

普通に強いぞ、こやつら。

敵のアンデッドと違って、知性も低くないようだ。

僕が何も指示していないのに、自分たちの強みを理解した上で連携して戦っている。

ただ屍人術師《ゾンビマジシャン》の数が百体程度しかおらず、魔法の威力も弱いので、一体にとどめを刺すのにかなり時間が掛かっている。

でもそれは問題ない。戦闘不能にする作業は後方の僕達がやればいい。

「みんな、行くぞぉ！」

「「「おぉ！」」」

鼠人族《ウェアラット》とネズミ達が、我先にと敵軍に向かって駆け出した。

僕も負けじと突っ走り、倒れている骸骨《スケルトン》を中心に、真銀《ミスリル》の剣でとどめを刺していく。

隣で同じ作業をしているサスケはといえば、その合間に僕をチラチラ見ている。

たまに目が合うと、嬉しそうにニコッと微笑んだりしている。

だから余裕かっ⁉

僕達の参戦で敵の先頭の集団はほぼ壊滅した。

ここはもう十分だろう。

次の敵五百体に同様の攻撃を仕掛けるよう、屍人騎士《ゾンビナイト》に指示を出す。疲れを知らないアンデッド軍は、すぐさま突撃を開始した。

この流れで敵の殲滅《せんめつ》を繰り返した結果、一時間程度で骸骨戦士《スケルトンウォーリア》を狩りつくし、残るは骸骨弓士《スケルトンアーチャー》五百体と屍人将軍《ゾンビジェネラル》一体だけとなった。

もはや数の面では優位に立ってしまった。

今頃、残った妖精族《フェアリー》は驚いているに違いない。

なぜなら、この状況を作り上げた僕自身でさえ驚愕しているのだから。

不死者の杖が予想外に役に立ちすぎた。

倒した敵を復活させて仲間にできるのは、ちょっと反則レベルだ。

それ以外にも、鼠人族《ウェアラット》とネズミが優秀だったのも、嬉しい誤算だった。

これはいける！　このままの調子で屍人将軍《ゾンビジェネラル》も倒してしまおう！

意気揚々《いきようよう》と僕は最前線に向かった。

しかし、そこでは予想外の光景が繰り広げられていた。

遠距離から放たれた矢が、まるでシャワーのように降り注いでいる。

屍人騎士《ゾンビナイト》達はそれが原因で相手に接近できなくなっていたのだ。

骸骨弓士《スケルトンアーチャー》は五百体いるから、一度に五百本、これが数秒の間隔を空けて飛んでくる。

アンデッドだろうと、こんなのをくらい続けたら、死なないまでも動けなくなってしまう。

普通に攻撃してくるってことは、どうやら骸骨弓士《スケルトンアーチャー》に下された命令は「馬人族《ウェアホース》の村を滅ぼせ」ではないらしい。「目に入る敵を攻撃せよ」ってところだろうか。

敵の攻撃は確かにやばいけど、一本一本はたかが矢の攻撃だ。壁さえあればなんとか防げる。

僕はそう判断し、魔法で高い壁を敵方向にいくつも立てていく。

壁は内側に反るように造り、頭上からの攻撃も防げるようにした。

この壁に隠れながら前進することで、敵に近づけるはずだ。

相手は弓兵。接近戦にはめっぽう弱いだろう。

早速屍人騎士《ゾンビナイト》の部隊に指示を出すと、彼らは行動を開始した。

あちこちに立った壁を上手く利用し、部隊がジグザグに進んでいく。順調だ。

しかし、簡単に思い通りになるほど、敵も甘くなかった。

「グオォォォォォオオオオオオオオオオ！」

突然敵の後方から、空気が震えるほどの衝撃をともなう咆哮《ほうこう》が聞こえた。

その直後、巨大な十字をなした斬撃が、途轍《とてつ》もない速さでこちらに迫ってくる。

骸骨弓士《スケルトンアーチャー》の存在もお構いなしで吹き飛ばし、先ほど立てた石壁も軽々と破壊していく。

これはまずい！

「【大地牙《アーススパイク》】！」

ゴゴゴゴゴゴォォォオオオ！

地面から、高さ十メートルを超える先端の尖った岩が次々に現れた。

その岩を、斬撃がまるでせんべいでも割るかのようにバキバキと破壊していく。

しかし、着実にその勢いは削がれていき、僕達に到達する直前でついに斬撃は消え去った。

あっぶねぇ！　なんつー威力だよ！

まったく……斬撃を飛ばすとか、世界中の男子の憧れだ。僕も真似しよう、絶対。

斬撃が通った場所の先に、図体のでかい魔物の姿が見える。

やつが屍人将軍《ゾンビジェネラル》か。まだ相当距離があるのに息が詰まるような威圧感がある。

骸骨弓士《スケルトンアーチャー》はもうすぐ復活してくるだろうし、今がやつに近づくチャンスだな。

これ以上攻撃を許すと、仲間への被害が出そうだ。急ぐか。

「あいつは僕が倒す。みんなは敵兵を頼むよ！」

「「「おう！」」」

良い返事だ。屍人騎士《ゾンビナイト》達も、声は出せないけど剣を上げている。

「お、お一人では危険です！　私も同行して良いでしょうか？」

サスケが真剣な面持ちで僕に同意を求める。

「いや、サスケはこの場に残ってほしい。代わりに指揮を頼みたいんだ。絶対に負けないから安心してくれ！」

「は、はい……」

がっかりしちゃっているけど、仕方がない。誰か指揮をとれる人間が必要だしな。

それに相手はSランクを超える化け物。サスケが危ない目に遭うのはちょっと嫌なのだ。

そういえば、不死者の杖が邪魔だなぁ。

ずっと手に持っていたが、屍人将軍《ゾンビジェネラル》には使わないし、とりあえず地面に突き刺しておくか。

あとはもう一度壁を造っておいて、と。

作業を終えると即座に【身体強化】を発動し、僕は屍人将軍《ゾンビジェネラル》のもとに向かった。

骸骨弓士《スケルトンアーチャー》が復活しはじめているが、無視して進む。

前方を見ると、屍人将軍《ゾンビジェネラル》が仁王立ちで待ち構えている。

近づいてから気づいたが、想像していたよりもでかい。三メートルはあろうという巨躯《きょく》。

全身を装飾が行き届いた西洋風の甲冑《かっちゅう》で覆い、自慢の大剣を肩に担いでいる。

兜《かぶと》から覗く顔は、まるで肉が削ぎ落とされたミイラのようだ。

真っ赤な眼光が一直線に僕を見据《みす》えている。

そういえば甲冑に刻まれているあの紋章、どこかで見たな。鷲の紋章……どこだっけ？

そんなことよりも、まずはこいつだ。相当手強《てごわ》いぞ。

とりあえず先制攻撃だ。敵に向けて手の平を突き出す。

「【聖浄光《ホーリーライト》】！」

あたり一面が真っ白になるほど強い光が放たれる。

光は当然屍人将軍《ゾンビジェネラル》にも襲いかかる——はずだったが、既にその姿はなかった。

屍人将軍《ゾンビジェネラル》は上空に高く飛んで光を避け、空中から横一文字の斬撃を放ってくる。

咄嗟《とっさ》に僕も上空へ飛んで避けた。

しかし、それは読まれていたらしい。敵が放った次の斬撃が目前に迫っていた。

空中じゃ避けられない！　なら、剣で弾き飛ばす！

猛スピードでこちらに飛んでくる斬撃に対し、僕は真銀《ミスリル》の剣で下段から斬り上げた。

ガギィイン！

なんとか斬撃を弾いたが、その勢いを殺すことができず、僕は地面に叩きつけられた。

ぐっ、痛ってぇ！

それを隙ありと見た屍人将軍《ゾンビジェネラル》は、僕に向かって【死突《デススタブ》】を繰り出し、一瞬で距離を詰めてきた。

屍人騎士《ゾンビナイト》よりも明らかに動きが素早い。

僕はすぐに起き上がり、【物理障壁《フォースバリア》】を展開して敵の攻撃を迎え撃つ。

屍人将軍《ゾンビジェネラル》が持つ大剣の剣先は、僕の喉元《のどもと》をめがけて飛んでくる。
弾き落とそうと身構えると、突きは直前で軌道を変えて胸元に迫ってきた。
フェイント⁉　対応が間に合わない！
僕はグッと地面を蹴り、急いで横に飛び跳ねた。
紙一重で避けたつもりだったが、幅広の大剣が僕の脇腹を掠《かす》める。
【物理障壁《フォースバリア》】でガードできたけど、危ねぇ！
屍人将軍《ゾンビジェネラル》は間髪容《かんはつい》れずに距離を詰めてくる。屍人騎士《ゾンビナイト》なら次は【死舞《ロンド》】だが――
ぐはっ！　蹴り⁉
視界の外から蹴りが飛んできた。
全く反応できず、相手のつま先が僕のみぞおちに突き刺さる。
屍人騎士《ゾンビナイト》と戦い方が全然違うぞ！
後方に吹っ飛ばされて一瞬目を離した隙に、敵の姿が消えている。どこだ？
僕は着地と同時に足を踏ん張り、地面との摩擦《まさつ》で勢いを止める。
そして【気配察知】で敵の位置を確認した。
……背後？　いつの間に⁉
急いで振り向くと、上段から大剣が振り下ろされていた。
僕はそれを真銀《ミスリル》の剣で受け止める。
途轍もない衝撃で、膝が崩れ落ちそうになる。なんという威力だ。

ここから敵の猛攻が始まった。

流れるような連撃の【死舞《ロンド》】と違い、力強くて速い直線的な連撃。

それが様々な角度でフェイントも交えて襲いかかってくる。どうやらこれも武技らしい。

僕はその攻撃を必死に受け止めながら、ここまでの戦いを急いで分析する。

敏捷性《びんしょうせい》の面ではそれほど負けていない。

何発か攻撃を受けてしまったが、それでもある程度は反応できている。

それにこの大剣を受け止められているから、恐らく筋力も負けてはいないはず。

でも、戦士としての戦闘技術が圧倒的に負けている。

剣の技術はもちろんだが、そもそもの戦い方が一枚上手《うわて》なのだ。

攻撃には虚実《きょじつ》を織《お》り交《ま》ぜ、武技だけじゃなく、体術も繰り出してくる。

そうなると、こちらは一切手を出せない。

戦闘技術でここまで差が出るのか……

とても勉強になる相手だ。でもこのままでは勝てない。どうするか。

答えは一つしかない。

こいつが近接戦闘の専門家《スペシャリスト》ならば、僕はなんでも屋《ジェネラリスト》として、それ以外で上回るしかないのだ。

まずは僕のスキルで最も強力なやつからいこう。

正面にいる屍人将軍《ゾンビジェネラル》に向けて口を開け、僕は【悪息《ヴェノムブレス》】を吐き出した。

濃密な黒煙が標的に襲いかかる。

剣を交えていようが、このスキルの発動は難しくない。

屍人将軍《ゾンビジェネラル》は反応して後方に避けると、斬撃を繰り出して息《ブレス》を吹き飛ばそうとする。

しかし高範囲に広がった息《ブレス》を全て吹き飛ばすことはできない。

周囲の黒煙に囚われると、ついに屍人将軍《ゾンビジェネラル》の動きが鈍くなった。

それなりに効いたようだが、ここから剣で打ち合うのは敵の土俵に乗るだけだ。

今度は魔法にするか。

僕が指をパチンと鳴らすと、屍人将軍《ゾンビジェネラル》の前後左右に巨大な火球が現れて、一斉に襲いかかる。

逃げ場を失った屍人将軍《ゾンビジェネラル》は上空へ跳び、そのままこちらに向けて十字の斬撃を放ってきた。

この状況で反撃してくるなんて、さすがだな。でも、結構チャンスかも。

僕はこの斬撃に対してあえて前方に飛び出し、十字の隙間をすり抜けてこれを避けた。

そのまま至近距離まで一気に近づくと、落下してきた屍人将軍《ゾンビジェネラル》に向けて【聖浄光《ホーリーライト》】を放った。

「ガアアアア！」

屍人将軍《ゾンビジェネラル》が膝をつき、苦悶《くもん》のあまり叫び声を上げた。

直撃したかと思ったが、よく見ると体表を覆う【魔法障壁《マジックバリア》】が見える。

こんなスキルまで持っているとは、予想外だ。

障壁にはヒビが入っているが、やや火力が足りず、完全に破壊することはできなかった。

だが、ある程度ダメージは入ったらしい。

敵は今、隙だらけだ。僕の剣でも攻撃が当たるかも。

ならアルバス戦と同じ方法を試してみるか。

僕は【魔法付与《マジックエンチャント》】を発動し、真銀《ミスリル》の剣に【聖浄光《ホーリーライト》】をかけた。

剣が眩《まぶ》しく発光する。この光だけでもアンデッドの僕には刺激が強い。

聖属性の剣に聖属性の魔法を重ねがけしたんだ。

まともに当たればひとたまりもないはず。

僕は重心を下げると、屍人将軍《ゾンビジェネラル》の喉に狙いを定め、武技を放った。

「【聖光突き《セイントトラスト》】！」

一条の光線の如き突きが閃《ひらめ》く。

体勢を崩している屍人将軍《ゾンビジェネラル》は剣でガードができず、【物理障壁《フォースバリア》】を発動して身を守る。

だが突きはその障壁を貫通し、相手の喉に突き刺さった。

そのタイミングで魔法が発動して、傷口に聖なる光が注ぎ込まれる。

「グギャァァアアア！」

屍人将軍《ゾンビジェネラル》は絶叫の後、前のめりに倒れた。

勝ったか？

敵の【物理障壁《フォースバリア》】のせいで剣の威力が削がれたから、やや心配だ。

それはそうと、やっぱり武技の名前を叫ぶのが楽しい。

僕の厨《ちゅう》二《に》心《ごころ》がこれでもかと満たされる。

まっ、今回のは、武器に【聖浄光《ホーリーライト》】をかけて【死突《デススタブ》】を放っただけで、【聖光突き《セイントトラスト》】なんて武技はないんだけど。

そんなことを思いながら、なんとなしにステータスを見たら、武技の欄に【聖光突き《セイントトラスト》】が追加されている。

なぜだ!?

……あれ、アルバス戦で適当に叫んだ【聖閃斬《セイントスラッシュ》】まであるじゃん。気づかなかった……

そういえば、魔法も使ってみたら勝手に覚えたことがあった。

もしかして、武技も魔法も新しく開発できるのか？

ならもっと色々開発したいなぁ。こういうの、楽しい。

一人ウキウキしていると、屍人将軍《ゾンビジェネラル》がゆっくり立ち上がった。

しぶといな。やっぱりまだ生きていたか。そしてもう再生しはじめている。

【聖浄光《ホーリーライト》】による火傷《やけど》があった場所からシューッと白い煙が立ち上り、みるみる傷が回復していく。

完全に回復しきる前に仕留めたい。もっとダメージを与えられる攻撃ってないのか。

でも屍人将軍《ゾンビジェネラル》の再生能力は異常だ。

それを上回るような攻撃……そうだ。上回るわけじゃないけど、再生能力を無効化する方法があった。

鼠人族《ウェアラット》や屍鬼鼠《グールラット》が使っていた【毒爪《ポイズンクロー》】だ。

これは真似をするしかない。僕には爪がないから、剣で代用するとしよう。

屍人将軍《ゾンビジェネラル》は動ける程度に回復したらしく、こちらに向かって駆け出した。

僕は早速準備を開始する。
体内で息《ブレス》を生成。それを血液に乗せて腕へと運び、放出する。
すると腕から黒煙が湧き出し、真銀《ミスリル》の刃に絡み付いた。
いけるぞっ！
屍人将軍《ゾンビジェネラル》は僕に接近すると、大剣を振り上げて十字の斬撃を放つ。
これを僕は上空に高く飛び上がって避けた。
そのまま屍人将軍《ゾンビジェネラル》に狙いを定め、漆黒に変色した真銀《ミスリル》の剣を振り下ろす。
「【黒閃斬《ヴェノムスラッシュ》】！」
剣から昏《くら》い煌《きら》めきを放つ縦一閃《たていっせん》の斬撃が撃ち出された。
できた！　飛ぶ斬撃！
それは屍人将軍《ゾンビジェネラル》を直撃。分厚い甲冑を切り裂き、容易く【物理障壁《フォースバリア》】を破壊する。
肩から血が噴き出し、【悪息《ヴェノムブレス》】の成分が屍人将軍《ゾンビジェネラル》の体を蝕んでいく。
再生の回復量よりも状態異常のダメージが上回ったらしい。
ついに屍人将軍《ゾンビジェネラル》は地面に倒れて動きを止めた。
途轍もない量の魔素が抜け出し、僕に吸収されていく。
ふう。どこまでタフなんだよこいつ……やっぱSランクは伊達《だて》じゃないわ。
【黒閃斬《ヴェノムスラッシュ》】なんて技もできちゃったし、今回の戦いは大満足だ。
さて、サスケ達は大丈夫かな？　ちょっと様子を見に行くか。

◆

「くそぉ、いったいどうういうことだ⁉」

その妖精族《フェアリー》は苛立《いらだ》ちを隠そうともせずに悪態をついた。

ここは屍人将軍《ゾンビジェネラル》と奇妙なアンデッドが戦闘を繰り広げていた舞台から、そう遠く離れていない森の中。

屍人将軍《ゾンビジェネラル》が敗北した瞬間、部隊の指揮官を務めていた妖精族《フェアリー》のイルモは、一目散に逃げ出した。

大敗北を喫《きっ》したことに焦りはあるが、逃げる方向は間違えていない。

目的地はここから西に位置する小規模な基地で、彼らが樹海侵略に利用している拠点だ。

イルモは黒く濁った羽を無我夢中で動かしながら、木々の合間を縫《ぬ》うように移動する。

そして、こまめに【気配察知】で自分の存在が気付かれていないか確認する。

もし後をつけられでもしたら、基地の場所が敵にバレてしまう。

「……どうやら大丈夫らしいな。俺を追ってくる気配はねぇ」

妖精族《フェアリー》は小さく息を吐く。

しかし、油断はできなかった。今回は想定外のことばかり起きている。

先ほどから彼は、【念話】で何度も仲間に連絡を試みている。

いや、もっと前から定期的にメッセージを飛ばしているのだが、応答がなかった。

先頭の部隊が敗北した後すぐに、妖精族《フェアリー》はその部隊の指揮官に連絡をしていた。

しかし、それどころではないと、一方的に【念話】が切断されてしまったのだ。次の部隊が敗北した後も、やはり指揮官に連絡を取ったものの、こちらは全くつながらなかった。

明らかに異変が起きているが、それがなんなのか分からない。

「もしかして、あいつらもやられちまったのか？　……いや、そんな簡単にやられるほど妖精族《フェアリー》は弱くない。おっと、今は堕落《フォールン》した妖精族《フェアリー》だったな」

イルモは仲間が気になって幾度《いくど》となく振り向くが、追いついてくる気配はない。

「ひとまず先に戻って、あいつらの帰りを待つしかねぇか……」

この辺りで待っていては危険だし、仲間と上手く落ち合えるとは思えない。彼は急いで目的地に向かうことにした。

しばらく樹海の中を飛び、ようやく基地に到着した。

妖精族《フェアリー》は中に入ると、真っ先に地下へと急行する。

地下は壁が取り払われた広いフロアになっており、石製の壁には松明《たいまつ》が灯されていた。

その明かりが、床にある巨大な魔法陣をうっすらと照らしている。

妖精族《フェアリー》はその魔法陣に近づき、慣れた手つきで魔力を流した。

しかし、魔法陣はフッと光を放つだけで、すぐに消えてしまう。

おかしいと思って何度も繰り返すが、起動する気配がない。

「はぁ!?　壊れてるのか？　さっき部隊を転移するのに使ったばっかりだぞ？　……くそぉ、こんな時に、ふざけんなっ！」

妖精族《フェアリー》は強い口調で怒りをぶちまけるが、魔法陣はなんの反応も示さない。

「チッ、こいつを起動するのは無理か……」

妖精族《フェアリー》は転移を諦め、直接本部基地がある南へと向かうことにした。

その移動の最中、妖精族《フェアリー》の頭には先ほどの戦いの記憶がフラッシュバックしていた。

次々と薙ぎ倒される屍人《ゾンビ》と骸骨《スケルトン》。

彼がアンデッド兵を指揮して以来、初めて見る、異様な光景だった。

確かに屍粉《ゾンビパウダー》で作ったアンデッドは知性がなく、命令がなければ近くにいる敵を攻撃することもできない人形のような存在だ。

命令も「馬人族《ウェアホース》の村を滅ぼせ」程度の単純なものしか覚えられない。

それに、命令を変更するには直接話しかける必要があるから、戦闘中にそれを行うのは事実上不可能だ。

だが今回は、そんな複雑な作戦も必要ないほど大勢の兵を揃え、籠城する敵を擦《す》り潰《つぶ》すだけのつもりだった。

ところが、予期せぬ場所で戦闘が始まり、想定外の速さで兵達がやられていった。

どうやら敵は、アンデッド兵の弱点である知性の低さを看破《かんぱ》したらしい。

兵が命令を遂行する前に攻撃を仕掛けられてしまった。

相手は百に満たない弱小の馬人族《ウェアホース》。

どうせ以前同様、村に籠《こ》もって戦うくらいしかできまい――そんな風に高を括っていた。

敵を甘く見すぎていたのだ。

そして極め付けは最後の戦いだ。

当初、屍人将軍《ゾンビジェネラル》は、剣士らしき敵に対して優勢に見えた。

しかしその剣士は、突如口から黒煙を吐き出して、屍人将軍《ゾンビジェネラル》を状態異常にすると、今度は聖属性の魔法を繰り出した。

その後は屍人将軍《ゾンビジェネラル》を一方的に攻め続け、ついには倒してしまった。

「いったいなんなんだ、あいつは？　赤い目をしていたから、多分アンデッドなはず。なのにアンデッドの弱点である聖魔法を使うなんて、普通に考えておかしいだろ」

そんなアンデッドは見たことがない。

聖魔法とは、神に仕える神官が長い修業を経てやっと身につけられるものだ。

だが、アンデッドが神に仕えることなど、できるだろうか？

否。神がそれを許さない。

なぜなら神は、アンデッドのように輪廻《りんね》から外れた存在を忌《い》み嫌《きら》うのだから。

「さらに、強力な息《ブレス》や武技まで使う、なんでもありの野郎だった。あのアルノルドを倒したってことは、ランクで言えば最低でも災害級《ディザスター》、下手すりゃそれ以上……天災級《カタストロフィー》だ……」

先ほどの一戦を思い出すと、体に震えが戻ってくる。

しかしそれと同時に、妖精族《フェアリー》の中に別の感情が沸々と湧き上がってきた。怒りだ。

「あんな野郎の存在、聞いちゃいねぇぞ、ラザロス！」

ラザロス……イルモと仲間達に命令し、こんな目に遭わせた化け物。

昔はどこかの国に仕えた研究者だったらしいが、今や屍術王《ネクロマスター》として樹海に君臨する化け物だ。

「全部あいつのせいだ。これで俺の仲間がやられでもしたら、許さねぇ！」

妖精族《フェアリー》は全速力でラザロスがいる本部基地へと向かった。


しばらくして、イルモは樹海北部と中央部の間に位置する大地溝帯に辿り着き、崖を下りていく。

本部基地の入り口を守る骸骨騎士《スケルトンナイト》を即座に退かせると、急いで中に入った。

薬品の臭いが鼻をつく広い研究室に、彼はいた。

「おい、テメェ！　いったいどういうことだ⁉」

ビーカーを手に何やら呟いているラザロスに向けて、妖精族《フェアリー》は大声で怒鳴る。

「ちょっとあなた、また――」

イルモの態度を咎《とが》めようとしたデスピナを、ラザロスが制止する。

「よい、デスピナ。下がるのだ……で、どうしたのだ、イルモよ？　何があった？」

ラザロスは振り向くと、少し驚いた様子でイルモに聞き返す。

「チッ、とぼけんな！　どうせコウモリで戦場を監視していたはずだ。『簡単な作業だ』なんて言ってたくせに、騙《だま》しやがって。てめぇのせいで仲間が死んだらどうしてくれる⁉」

「まあ落ち着け。その話はお前の仲間が無事か確認してからでもよかろう。それよりも、今は戦いの最中だ。何が起きたのか、お前の口から詳しく聞かせてくれないか？」

ラザロスは諭《さと》すような調子で聞き返す。

イルモはそれが気に入らなかったが、仲間の安否を確認するには、ラザロスの力が必要だ。

「……フン、それもそうだな」

イルモは苦々しい顔で、先ほど起きた惨劇《さんげき》について説明を始めた。

ラザロスは時に深く頷きながら、興味深そうにイルモの話を聞く。

一通り聞き終えると、ラザロスは目を閉じて椅子に座り、何やら考えはじめた。

「オイ、まだ話は終わって――」

ラザロスは手にした杖を床にトンッとついて、不満げなイルモの言葉を遮った。

「……お前、ネズミを連れてきたな？」

「ネズミ？　……何のことだ？」

妖精族《フェアリー》は常に【気配察知】を発動しているが、何の反応もない。

「お前には分からんのか」

ラザロスは呆れ声でそう言うと、もう一度床をトンッと杖でついた。

部屋の外に炎の渦《うず》が発生し、洞窟の出口に向かって激しく飛び出していく。

すると、何もなかったはずの場所からフッと何者かの気配が現れた。

しかしそれも一瞬。今は何の気配も感じられない。

「お、【隠密《おんみつ》】か⁉　しまった、つけられていたのか……」

最大限に警戒してここまで来たつもりだったが、こうも簡単に追跡されるとは……

イルモは苦虫を噛み潰したような顔になる。

そんな彼に、いつの間にか近づいていたラザロスが優しく手をかけた。

「なに、気にすることはない。興味深い情報を提供してくれて助かったぞ？」

思わぬ言葉を聞いたイルモは、訝《いぶか》しげに相手を見た。

「くっくっくっ、どうやらお前は少し疲れているようだ。ゆっくりと休むがいい」

苦労を労《ねぎら》うような態度とは裏腹に、さも愉快そうな話しぶりだ。

何かおかしいとイルモが距離を取ろうとしたその瞬間、全身から魔素が一気に抜け出るのを感じた。

彼は弾かれるように後方へと飛んで逃げた。

「テ、テメェ！　何しやがる⁉」

かなりの量の魔素を吸われたらしく、力が抜けて体が重い。

「ラザロス様⁉」

デスピナも予想外だったらしく、主人の行動に驚愕する。

「アルノルドも貸してやったというのに、何たるザマだ。お前のような役立たずにもう用はない。今すぐ仲間のもとへ行くがよい」

ラザロスがイルモに向けて手をかざすと、彼は突然暗闇の中に引きずり込まれた。

「な、なんだ⁉　今度は何をされた⁉」

暗闇の世界に降り立つと、彼は急いで周囲を見回す。すると複数の黒い影に包囲されていることに気づいた。

よく見ると、その影は宙に浮いていた。さらに漆黒のローブを羽織《はお》り、白い骨が露出した手には巨大な鎌を持っている。フードの奥には真っ白な骸骨の顔が見える。

死神だ。死神に囲まれている！

「ヒィ⁉」

身も凍るような恐怖に駆られ、イルモはその場から逃げ出した。包囲の隙間を通り抜け、なんとか抜け出すことに成功する。

しかし、しばらく飛んで逃げきったと思いきや……何も存在ないはずの前方に、死神が姿を現す。

「ク、クソッ！」

イルモは再び進路を変えて逃げ出すが、しばらくして再び死神に行く手を阻まれる。

それから何度逃げたか分からない。息が切れ、体が動かなくなるほど、何度も何度も逃げた。しかし、そんなイルモを嘲笑《あざわら》うかのように、死神は再び姿を現す。

……ダメだ。逃げられない……

精神と肉体が限界に到達したイルモは、ついに絶望して、自分の未来を悟った。

「俺はここで死ぬのか……すまねぇ、みんな……」

ラザロスとの取引に応じると決めた時、幼馴染がイルモを心配してついてきた。里に残してきた家族や仲間も大勢いる。

彼ら全員を自分が救うつもりだった。里長の息子として、ラザロスの悪意から彼らを守り続けるはずだったのだ。もうそれができないと思うと、自分の無力さに腹が立ち、涙が込み上げてくる。

周囲では、冷酷な死神達がゆっくりとその包囲網を狭めてくる。お互いの距離が十分に近づいた時、正面の死神が巨大な鎌を振りかぶった。

そして、鎌はいとも簡単にイルモの首を胴体から斬り離した。

「わざわざ【即死《デス》】を使ってやったのだ。光栄に思って死ぬがいい」

ラザロスは蔑みを含んだ目で、地面に落ちていくイルモを眺めていた。

「兵を無駄にするだけでなく、本部の場所を知られるような失態まで犯すとは。まったく、使えんやつだ」

「お、おっしゃる通りですが、さすがに殺してしまうことはなかったのでは……？」

デスピナはラザロスの凶行《きょうこう》に驚き、思わずイルモを擁護《ようご》する言葉を口にした。

確かに彼のしたことは大きな失態ではあるが、命を奪うほどだろうか。

普段の態度は褒められたものではないが、ラザロスの研究には非常に協力的な、良き取引相手であった。少なくとも、デスピナにはそう見えた。

妖精族《フェアリー》は基本的に自らの知識を他の種族へ教えることはない。特に精霊の秘宝と呼ばれる類《たぐい》の知識は禁忌《きんき》とされ、他の種族へ漏らしただけでも堕落してしまうらしい。

精霊の秘宝の一つである再生薬《さいせいやく》は、ラザロスが推し進める屍粉《ゾンビパウダー》の研究に必要不可欠だった。

そこで彼は、妖精族《フェアリー》を捕らえて尋問し、再生薬の製法を聞き出そうとした。しかし口を割る者はおらず、彼はある取引を考えた。

それは、ラザロス側が妖精族《フェアリー》の里には一切手を出さないことを約束する代わりに、再生薬の製法をこちらに提供せよという、ほとんど脅迫《きょうはく》のようなものだった。

するとこれ以上仲間が死ぬのが耐えられなかったのだろう。里長の息子であったイルモが取引に応じたのだった。

「何を言うのだ、デスピナよ。役に立たない者を処分するのは当然であろう」

「で、ですが、これまでずっとイルモは協力的でしたし、大目に見ても……」

「協力的？　お前にはそう見えていたのか」

……どうやら、ラザロスにはそうでなかったらしい。

「やはり再生薬の製法をあらかた聞き出した時点で始末しておくべきだったな」

デスピナは主人の真意が理解できず、困惑する。

それでも彼女は一つの確信を得た。

ラザロスはもはや以前の彼ではなくなってしまったのだ。

昔の彼ならば、こんなことを口にするはずがない。恩には恩で返す、誠実な人物だった。

だからと言って、彼女の思いは変わらない。

ラザロスのために生き、ラザロスのために働き、ラザロスのために死ぬ。

ラザロスに命を救われた時から、彼女はそう誓っていたのだ。

「ラザロス様、次はどうなされるおつもりでしょうか？」

「どうやら敵はそれなりに知恵があり、アルノルドを倒すほど力も兼ね備えた存在らしい。確実に捻り潰すためにも、全力で相手をしてやろうではないか。少し時間はかかるが、樹海に放ったアンデッドどもを全て集結させ、総攻撃をかけることにしよう」

「なんと⁉　それだけの戦力があれば、国さえも落とせましょう。ではこの私に第一部隊をお任せください。ラザロス様のお望みを、必ず叶えてみせます！」

ラザロスが手を下すまでもない。自分の力だけで敵を全滅させてみせる。それがラザロスのためにできる唯一のこと。もはや彼を守れるのは自分しかいないのだ——デスピナはそう考えて、自ら軍の指揮を志願した。

「ほう、ではお前に任せるとしよう。頼んだぞ」

「はっ！」

デスピナは力強く返事をすると、万全の準備をするべく動きはじめた。

◆

屍人将軍《ゾンビジェネラル》って、かなりの強敵だったなぁ。

僕——ジンは先ほどの戦闘を振り返る。

戦い方が上手いというか、戦場で培《つちか》った技術みたいなものを感じる相手だった。

相変わらず、魔法とか息《ブレス》が良い仕事をしたのと、色んな武技が効いたのが勝因だな。

仲間達の方を振り返ると、まだ骸骨弓士《スケルトンアーチャー》との戦闘中だった。

数百本飛んでくる矢の攻撃に、だいぶ苦戦しているようだ。

やっぱり飛び道具での攻撃って、有効なんだな。

矢って当てるのは難しいけど、当たれば威力も高いし、敵を牽制《けんせい》する効果もある。

盾なんかを準備しておけば良かった。

それに、こっちも飛び道具とか範囲攻撃とかがあれば、もっと楽なんだが。

戦況は膠着《こうちゃく》しているみたいだし、僕がなんとかした方が良さそうだ。

後ろから【旋風刃《ウォルウィンド》】をぶっ放して、敵をバラバラにするか。

いや、そんなことをしたら、味方の被害も甚大《じんだい》になるな。

でも、近づいたら僕も矢のシャワーで酷い目に遭いそうだ。

石壁を立てて近づいていけば、なんとかなるかな？

そんなことを考えていると、僕の正面にチヨメとアヤメが姿を現した。

「ジン様、大変お疲れ様です。ジン様の素晴らしい戦いを拝見できて、光栄でございます」

「いや、マジで強すぎっす！　バリやばぃ！」

「え、見ていたの!?」

【気配察知】にも引っかからないから、全然気付かなかった。なんで察知できなかったんだろう。

ま……忍者だし、そんなもんか。

「はっ、驚かせてしまって申し訳ありません。ただ今サスケが最後の妖精族《フェアリー》を追跡しておりますので、我々が代わりにお側に控えておりました」

「へえ、そうだったんだ。って、サスケにはあっちの戦場の指揮を任せていたような……」

「そぉなんですけどぉ、屍人騎士《ゾンビナイト》って、ジン様の言うことしか聞かないんでぇ、なんか困ってましたよぉ？」

「あ、そっか……」

やべ。サスケに適当な指示しちゃった。

「ですがその後、サスケはこちらに移動して、ジン様の戦闘を陰からこそこそ見ておりました。単に言い訳を見つけて、ジン様の近くに来たかっただけかと」

「終わりくらいにアタシらが呼ばれてぇ、サスケはジン様に怒られたくないから、妖精族《フェアリー》を追いかけたんすよ、きっとぉ。ウザすぎですよねぇ？」

チヨメとアヤメが眉をひそめながらサスケのことを告げ口してきた。

しかし、何しとんねん、サスケ。できる子なのか、ダメな子なのかよく分からんぞ。

「なんか二人には迷惑かけちゃったねぇ」

「何をおっしゃいますか。ジン様の側に控えられるなど、無上の喜び」

「テンション上がりまくりで、最高でーす！」

お、おう。やっぱりこの子達からもサスケと似たものを感じる……

「あ、ハンゾウとコタロウはぁ、なんか森でこっちを見てるやつらがいたんでぇ、成敗しに行ってまーす」

「成敗とは？」

アヤメの言葉が引っかかったので尋ねると、代わりにチヨメが答えた。

「はっ。始末でございます。覗きが趣味の不届き者は始末するのが適切かと」

「ま、待って！　明らかな敵以外は始末しないように伝えてくれる!?」

誰でも始末しちゃダメだろ！

「はーい。じゃあそいつらどぉしますぅ？」

「そうだねぇ。観察しているだけだったら、基本的に僕達には無害だと思う。どんな人や魔物かだけ確認しておいてほしい」

「承知しました」

チヨメとアヤメが、ハンゾウとコタロウに【念話】で指示を伝える。

みんなとても有能なんだけど、ちょっと思考が極端なところがあるよなぁ。

すぐ始末しようとするのとか、怖すぎる。

「ジン様ぁ、なんかやることありますー？　ジン様のお手伝いがしたんですけどぉ」

「やることかぁ」

アヤメ達ができそうなこと、何かあるかな？　僕と一緒に骸骨弓士《スケルトンアーチャー》への攻撃を手伝ってもらうとか、仲間と合流して戦ってもらうとか？

そう思ってもう一度仲間の方を見ると、禍々しいオーラを放つ杖が目に入った。

あ、そうだ。

「じゃあ二人にお願いなんだけど、あそこに刺さっている杖を、敵に見つからないようにこっそり持ってきてもらえる？」

「はっ。すぐにお持ちいたします」

チヨメはそう答えると、真っ先に飛び出した。一瞬遅れてアヤメがそれを追いかける。

なんか「オイ待てぇ！」とか「うるさい、早い者勝ちだ！」なんて口喧嘩しているみたいだけど、なんで？

敵に僕達の存在がバレたら奇襲できないから、もう少し静かにしてほしいんだけど……

二人を待つ間、【気配察知】で周囲を確認してみる。

確かにこちらの様子を窺っているらしい気配があるな。それも、一つや二つじゃない。

嫌な感じがしないのもあるから、全部が全部敵というわけではなさそうだ。

数分もしないうちに、二人が戻ってきた。

チヨメが杖を抱え、アヤメは「クソォ！」などと言っている。

「はぁ、はぁ、はぁ。ジン様、大変お待たせしました」

両手に杖を乗せ、恭しく僕に差し出す。何この渡し方？

「あ、ありがとう」

「「はっ！」」

チヨメはニコニコと嬉しそうだが、アヤメは頬《ほお》を膨《ふく》らませて悔しそうだ。

なんかよく分からんが、まあいいや。

僕は早速、思いついたことを試してみる。

不死者の杖を右手で掴み、地面に突き刺した。そのまま杖に魔素を流し込む。

地面に流れ込んだ魔素が向かったのは、屍人将軍《ゾンビジェネラル》の方向だ。

その亡骸に入り込んだ魔素は、僕が与えたダメージを綺麗に回復していく。

屍人将軍《ゾンビジェネラル》はおもむろに立ち上がると、僕に向かって片膝をつき、頭《こうべ》を垂れた。

おお！　上手くいったぞ！

「あそこにいる骸骨弓士《スケルトンアーチャー》を倒してくれ！」

屍人将軍《ゾンビジェネラル》は首を縦に振ると、骸骨弓士《スケルトンアーチャー》の方へと駆け出した。そしてやつらに十分近づき、上空へ高く飛び上がる。

それに気付いた骸骨弓士《スケルトンアーチャー》が矢を放つが、【物理障壁《フォースバリア》】に弾かれて効果がない。

屍人将軍《ゾンビジェネラル》は空中から【十字斬《クロススラッシュ》】を放った。

巨大な十字の斬撃は骸骨弓士《スケルトンアーチャー》の集団に直撃し、骨のみでできた体をバラバラにした。

やつらはすぐに体の修復を始めるが、今がチャンスと仲間達全員が一斉に畳みかける。

ここから敵の全滅までに、それほど時間はかからなかった。

「ジン様！」

デメテルが心配そうな様子でこちらに走ってくる。

「デメテル！　無事だったんだね？」

「それはこちらのセリフですわ！　まさか本当に屍人将軍《ゾンビジェネラル》を倒してしまわれるなんて、なんというお方なのでしょう……」

なんだか驚きと呆れが入り混じったような顔をしている。

「ジン様。再び馬人族《ウェアホース》を救っていただき、ありがとうございます」

「いやいや、だからそういうのはやめようって、前に話したでしょ？　僕達は仲間みたいなものなんだから、気にしなくていいんだって！」

「……そうでしたわね。ジン様はずっと、そうおっしゃっていましたわ」

……ん？　デメテルは笑顔だけど、なんだか翳《かげ》があるような。

「「ジン様ぁ!!」」

鼠人族《ウェアラット》とネズミ達だ。大きな怪我なんかもなく元気そうだ。良かった。

それに、みんな達成感が窺える顔つきだ。

三千対五十二で勝利したんだから当然かもな。

全員本当に頑張ったから、後からしっかりお礼を言わないと。

屍人騎士《ゾンビナイト》達も全く問題なさそう。

やっぱり屍粉《ゾンビパウダー》由来の再生能力は凄まじい効果だ。

さて、戦いも終わったし、そろそろ村に戻るか。

こっち側の戦力不足は深刻だから、屍人将軍《ゾンビジェネラル》と屍人騎士《ゾンビナイト》は絶対に連れて帰ろう。せっかくだから、それ以外のアンデッド兵も連れて行くか。

倒しまくった二千の骸骨兵《スケルトン》も復活させた方がいいかな。

魔素が足りるか心配だけど、骸骨《スケルトン》から奪ったやつを元に戻すだけだし、十分だろう。

なんなら、不死者の杖が要求する魔素はそんなに多くないから、収支で言うとプラスになるかも。

そういえば、ハンゾウ達が妖精族《フェアリー》を始末したって言っていたっけ。妖精族《フェアリー》も杖で復活できたりするのかな？　もしかしたら戦力になるかもしれないし……ちょっと可哀想な気もするけど、試してみるか。

みんなには先に村へ戻ってもらい、僕はチヨメとアヤメに妖精族《フェアリー》の遺体があるところまで案内してもらった。

妖精族《フェアリー》の身長は二十センチほど。緑のとんがり帽子に緑のシャツとズボンを纏い、背中からは黒い蝶のような羽が生えている。

まだ死んで時間が経っていないからだろう、皮膚《ひふ》は血色の良い肌色のままで、まるで眠っているかのようだ。

早速不死者の杖を地面に突き刺し、杖に魔素を流し込む。しかし何の反応もない。

ふむ。この杖ってアンデッドは復活できるけど、死者を復活できるわけじゃないらしい。

アンデッドだけが使える、アンデッドのためだけの杖。それが不死者の杖ということか。

妖精族《フェアリー》は僕達を滅ぼそうとした敵ではあるけど、こんなところに遺体が放置されているのもなんだか可哀想だ。

遺体に罪はない。弔《とむら》ってやるか。

僕は【収納】に山ほどある魔術師のローブ――ピラミッドで屍人《ゾンビ》から回収したものだ――を取り

出した。そのローブで遺体を包み、【収納】に入れる。もう一体の妖精族《フェアリー》の遺体も見つけ、同様に収納した。

僕の【収納】は時間停止の機能がついているから、腐敗することはない。いずれどこかに埋葬《まいそう》しよう。

その後、さっきの戦場に戻り、骸骨《スケルトン》の復活もしておいた。

整列させてみるととんでもない数で、ドン引きした。

三千だもんな……ちょっと復活させすぎたか?

首を傾げていると、いつの間にかサスケ、ハンゾウ、コタロウが戻ってきていた。

詳しい報告は村に戻ってからみんなで聞くことにしよう。

村に入るとすぐに、アヌビスが尻尾を振って飛びついてきた。

重いけど可愛い。そして、もふもふが気持ちいい。

その後の夕食の席では、わざわざ村人達が今日の勝利のお礼を言いに来た。

そういうのはいらないって言っているのに。みんな真面目《まじめ》だよなぁ……

デメテルは従者達やトマスと熱心に会話をしている。

今日の戦いのことでも話しているのかな。

夕食の後、僕はネズミ達を呼び、まずは感謝の気持ちを伝えた。

彼らは、僕が考えた罠作戦を遂行してくれた陰の功労者だ。作戦の後も戦闘にバリバリ参加して、一番働いてくれた気がする。

お礼と言ってはなんだけど、一度に全員名付けすることを伝えると、みんなとても喜んでくれた。

三十体もいてしんどいけど、さっきの戦いで相当な魔素を集められたし、【命名】スキルもあるから、なんとかいけそうな気がする。

ネズタ、ネズチ、ネズツ……ネズル、ネズレ、ネズロ、ネズワ、ネズヲ。これで三十体。

命名が終わった者から続々と鼠人族《ウェアラット》に進化していく。

いや、もうフラフラですわ。みんな僕にお礼を言うけど、感謝するのはこっちの方だよ。

でも喜んでくれて良かった。

第二章　樹海の決戦

翌日、サスケ達の調査結果を共有するため、デメテルにも僕のテントに来てもらった。

僕のテントはいつの間にかネズア達が作り替えており、素材は植物から魔物の皮をなめしたものに替わっている。

ベッドも革製になっていて、以前の草の寝床《ねどこ》より格段に寝心地がいい。

ちなみに、僕のテントだけ妙にデカくて、野営地の真ん中で目立っている。

テントの中にはクマ型の魔物の毛皮が敷かれている。

頭の部分まで付いていて、とても気持ち悪い。

ナニコレって思ったけど、彼らが好意で準備してくれたみたいだから、スルーした。

「サスケから報告を頼む」

「はっ」

サスケは集めてきた情報を整理して教えてくれた。

妖精族《フェアリー》の尾行に成功し、屍術王《ネクロマスター》のアジトを突き止めたらしい。でも尾行がバレて、なんと上級魔法をくらいそうになったと言う。

「だ、大丈夫だった、サスケ⁉」

「はっ。避ける際に腕を焼かれましたが、今は【再生《さいせい》】で完全に回復しております。この体はジン様のお力で授かったものですから、あの程度の魔法ではやられません。それよりも、この体を傷つけるなど、やつは万死《ばんし》に値します！」

「う、うん。まあ、無事で良かったよ！」

その他にも、妖精族《フェアリー》のアジトにあった魔法陣の話や、屍術王《ネクロマスター》が戦場をコウモリで観察していた話など、役立つ情報が満載だった。

屍術王《ネクロマスター》は情報収集を熱心に行うあたり、普通の魔物とは思えない。まるで人間だな。

しかし、やつのアジトが判明したのは大きい。これは相手も想定外だっただろう。

そうなると、あっちも防御を固めるか、逆に先手を打って攻撃してくる可能性もあるな。

「ちなみに妖精族《フェアリー》のアジトにあった魔法陣って、なんの魔法陣かな？」

「それが、私には魔法の知識がなく、判別できませんでした。大変申し訳ありません」

「いやいや、ちょっと気になっただけだから、大丈夫！」

すると、昨日までアジトを監視していたコタロウが言う。

「オイラは転移魔法陣じゃないかと思います。最初アジトには、中にも外にも兵の気配なんてなかったんです。けど、いきなり中から兵が湧いてきました。多分どこからか送り込んだんじゃないですかね」

「なるほど。確かにその可能性が高そうだな」

続けて、ハンゾウとコタロウにも報告を聞く。

僕達の戦いを見ていた存在についてだ。

彼らによれば、その存在は三種類に分けられるという。

一つ目は敵勢力のコウモリで、屍術王《ネクロマスター》が戦場を監視するために放ったものらしい。ハンゾウ達は見つけ次第すぐに始末したそうだ。

二つ目は樹海北部に住む人族や知性のある魔物だ。ハンゾウ達が彼らを尋問すると、戦いの行く末を見に来ただけで、敵対する意思はないと答えたらしい。あと、なぜか僕と話をしたがっているとか。

最後は冒険者の集団だった。かなり怯えていて、ハンゾウ達が近づいたら一目散に逃げていったらしい。

こんなに色々いたんだ……

冒険者の集団がちょっと気になるなぁ。

死霊の賢者《リッチ》の合同討伐依頼が出ているらしいけど、そのパーティーか？

だとすればA級冒険者だろうけど、そんなやつらがいきなり逃げるかな。

一度町に行って、状況を確認しておこう。またかち合ったりしたらまずい。

「ちなみに、僕と話をしたいっていう皆さんには、なんて答えたの？」

「はっ。全ての種族に対して明日の午後こちらに来るように言いつけておきました。個別に相手をするのはジン様のお手を煩《わずら》わせるだけかと思いまして。もしジン様のご都合が悪い場合や、会うつもりがない場合は、即刻追い返す旨も伝えております」

サスケがさも当然といった様子で答える。

いやいやいや、こっちから呼び出しておいて追い返すとか、無理ですから！

「じ、時間はあるから、問題ないよ。こっちも樹海に住んでいる人から情報収集したいし、ちょうど良かったかも。できたら協力もしたいしね。みんな、調査ありがとう」

よし、情報共有はこんなもんかな。

「何か他に話がある人はいるかな？」

僕が参加者を見渡すと、眉に決意の色を滲《にじ》ませたデメテルと目が合った。

「……ジン様。私からお話が」

そういえば彼女はテントに入ってから一言も喋《しゃべ》っていない。

神妙な顔で話を聞くだけだったな。

「何？」

「……私は、ジン様に決闘を申し込みますわ！」

「……ええええぇぇーーーーーーっ!?」

け、決闘!?　血糖でも結党でもなくて、決闘!?

「ななな、なんで!?」

「我々馬人族《ウェアホース》の、誇りのためですわ」

ほ、誇り!?　なんか誇りを傷つけるようなことをしちゃったのか!?

もしそうだとしても、それは絶対に誤解だ。

「デ、デメテル！　まずは話し合いを――」

「問答無用ですわ。今から一時間後、村でお待ちしております」

そう言い残すと、デメテルは足早にテントから出て行った。

「ど、どういうこと⁉　僕何かした⁉」

全然意味が分からず、サスケ達にも聞いてみる。

「ジン様が庇護するとおっしゃるので黙っていましたが、もう我慢の限界です。そもそもやつらは馬人族《ウェアホース》
ジン様の足枷《あしかせ》でしかない存在。にもかかわらず、あのような態度をとるとは、許せません。抹殺《まっさつ》のご命令を」

サスケが冷静な表情でキレている。命令を下したら、本当に行ってしまいそうだ。

「十分ぐらいで片付けてきますよ」

「鼠人族《ウェアラット》全員で行けば、五分もかかりません」

コタロウとハンゾウもやる気満々だ。ただ、僕の質問に全然答えてない。

「僕が何かしちゃったのか聞いたんだけどな。とにかく、みんなは手を出さないように頼むよ」

……馬人族《ウェアホース》の誇りってなんだ？　いったい何がまずかった？

分からない。僕は彼らの願いも聞いてきたつもりだし、心から尊重してきたと思っている。

鼠人族《ウェアラット》に聞いても抹殺しようとするだけだし、相談する相手がいない。

……とりあえず、行ってみるしかないか。

少し早いけど、僕は馬人族《ウェアホース》の村に入った。

誰かに話を聞けないかと思ったのだ。

でも村人達は僕を見るなり家の中に引っ込んでしまい、話ができる状況じゃない。

なんでこうなった……？

村の中央には従者達とトマスがいるが、まだデメテルの姿がないようだ。

従者達とトマスは険《けわ》しい顔をしている。

エヴァはといえば、腕を組んで頬を膨らませている。

これは……険しい顔をしているつもりなのか？

「エヴァ、僕って何か君達の誇りを傷つけるようなことをした？」

「ノーコメント」

両手でバツを作ってそう言うと、再びエヴァは頬をぷくっと膨らませる。

さっぱり分からない。そもそも彼女に聞いたのが間違いだった。

そんなことを思っていると、ついにデメテルがやってきた。顔は真剣そのものだ。

「もうお着きでしたのね。お待たせしましたわ。では、早速始めましょう」

「ま、待って！　少しだけでも話を——」

「問答無用と言いましたわ！」

デメテルはいきなり【獣化】を使って馬の姿に変身すると、筋肉質な四本の足で地面を駆け出した。

一瞬で凄まじい速度に到達し、その勢いのまま僕に向かってくる。

た、体当たり⁉

予想外の攻撃をまともにくらってしまい、僕は数メートル吹き飛んだ。

凄い衝撃だ。体中に痛みが走る。

この威力、本気なのか？

再び彼女は僕に向かって駆け出し、ぐっと地面を踏み込んで飛び上がった。

すると落下地点にいる僕目掛けて、まるで白金《プラチナ》のように光る美しい蹄《ひづめ》で踏みつけようとする。

あれはヤバい！　僕は急いで体を起こすと、横に飛び跳ねた。

ズゴォ！

デメテルの蹄が地面にめり込む。

それから彼女は続けざまに、前蹴りや後ろ蹴りを叩き込もうとする。

僕はその攻撃をなんとか回避し、さっきのダメージの回復に努める。

「なぜ反撃をしてこないのです？」

デメテルは立ち止まると、僕を見据えて問う。

「え？　いや、デメテルの動きが速いし、隙がないからさ」

「ではなぜ【身体強化】すら使わないのでしょう？」

「……そ、それは――」

「スキルも一切使用せず、ただ逃げ回るだけ。私など本気で戦うには値しない存在ということでしょうか？」

「違う！　もし怪我をさせたら、取り返しがつかないだろ⁉」

「……ジン様、それは覚悟の上ですわ。私は真剣です。もし本当に私のことを想ってくださるなら、ジン様も本気で戦ってくださいませんか？」

くっ、それはずるい。でも、なんで戦っているのかもよく分からないのに、本気で戦えるわけがないじゃないか。

「ジン様、どうかお願いいたしますわ」

デメテルは【獣化】を解くと、深く頭を下げた。

「「「お願いします」」」

従者達やトマスも同じように頭を下げる。

何がなんだかさっぱり分からない……

でもどうやら、何か言えない事情があるみたいだな。

誇りとやらに関係があるんだろうけど、僕は馬人族《ウェアホース》じゃないから、分かるわけがない。

ただ、きっと話して済む問題じゃないんだろう。それだけのことをしてしまったようだ。

ならば観念して、やるしかないか。

「分かった。本当にいいんだね？」

「もちろんですわ」

僕は【収納】から真銀《ミスリル》の剣を取り出すと【身体強化】を発動した。

対してデメテルも、腰から真銀《ミスリル》の細剣《レイピア》を引き抜いた。

「行きます！」

デメテルは上体を下げて突きの構えを取ると、力強く駆け出した。

これは【死突《デススタブ》】？　いつの間にか武技まで身につけていたのか。

ずっと一生懸命訓練していたもんな。なら、僕も全力の技を見せよう。

上体を下げて構え【死突《デススタブ》】を放つ。

瞬く間に両者の距離が縮まり、剣が擦《こす》れ合《あ》ってバチバチッと火花が散る。

先に相手に届いたのは、刃の長い真銀《ミスリル》の細剣《レイピア》だった。

しかし僕の【物理障壁《フォースバリア》】が軽々とその攻撃を受け止め、逆にぐいっと押し返す。

「なっ⁉」

デメテルはその反動に耐えきれず、手を放した。細剣《レイピア》が後方へと吹き飛ぶ。

その間に僕の剣はデメテルの喉元に到達し、突き刺さる直前で静止していた。

「僕の勝ちってことでいいかな？」

「……は、はい。まったく敵《かな》いませんでした。参りましたわ」

デメテルがガクッと膝をついて項垂《うなだ》れる。

「「デメテル様っ‼」」

心配そうな表情で従者達が駆け寄ってきた。

「大丈夫ですわ」

デメテルは手を上げて従者達を制止する。そして、静かにトマスが待つ方へと向かった。

彼の背後には、いつの間にか村人全員が勢揃いしていた。

「みんな、今の決闘は見ていましたね。馬人族《ウェアホース》の族長デメテルは、全力でジン様に立ち向かい、敗北しました。よって今より、馬人族《ウェアホース》はジン様の支配下に入ります」

……へっ？　な、何言っているんだよ、デメテル⁉

「情けない族長で申し訳ありません。みんなには苦労をかけますが、どうかこれからもよろしく頼みますわ」

「「はっ！」」

誰も文句なし⁉　どうなっているんだ……？

すると今度は、デメテルが僕に駆け寄ってきた。

「ジン様！　大変悔しいですが、私は決闘で負けてしまいました。ですので、今後は配下として、どうぞよろしくお願いいたします」

そう言うと、彼女は膝をつき、臣下の礼をとる。他の馬人族《ウェアホース》も一斉にそれに倣った。

「ままま、待って！　まずはみんな立ってくれ！　そんな話聞いてないよ、僕？」

「それはもちろんですわ。昨日みんなと話し合って決めたのですから」

「ええ⁉　でも随分急だな。何かあったの……？」

「そ、それは……」

なんだかちょっと頬を赤くして、恥ずかしそうにするデメテル。

「私が代わりにご説明いたします」

そう言って、トマスがこちらに歩いてくる。

「デメテル様より昨日の戦についてお伺《うかが》いしたのですが、ご自身が守られるだけの存在であったことを、たいそう悔やまれておりました。そして、サスケ殿をはじめとする鼠人族《ウェアラット》の強さや、災害《ディザスター》級の魔物を撃破されたジン様の規格外さについても、熱く語っておられたのです」

……なるほど。だから恥ずかしそうなのか。

さっきより顔が赤くなって、今にも湯気が出そうだ。

「そのお話を聞き、我々は皆様の強さに憧れると同時に、あることを思い出しました。それは、馬人族《ウェアホース》もまた、皆様に負けず劣らず優秀な種族だということです。以前住んでいた獣人の国では、虎人族《ウェアタイガー》と共に一大勢力を誇るエリート種族でした」

「へえ、そうだったんだ」

「はい。そのような誇り高き馬人族《ウェアホース》が守られてばかりの存在でいいのか？　……いえ、いいわけがありません。我々も皆様のように強くあらねばならない。そう考えたのです」

なるほどね。黙ってれば自分達が危険な目に遭うことはないのに、真面目な馬人族《ウェアホース》らしいわ。

「デメテル様がジン様に庇護をお願いしたのは、馬人族《ウェアホース》の復興を望む我々を考えてのこと。我々の命を守るにはそれが最も安全と判断されたのでしょう。ですが、それはデメテル様の本意ではなかったのだと思います」

「ト、トマス……」

どうやら図星だったようで、デメテルがトマスの言葉に驚いている。

「だから、我々はデメテル様にお願いしたのです。守っていただくだけの関係はやめて、馬人族《ウェアホース》の誇りを取り戻しましょうと」

……なるほど。色々腑《ふ》に落《お》ちた。ただ、ちょっと気になることがあるぞ。

「なら、わざわざ決闘する必要あった？　言ってくれれば、庇護はいつでもやめたけど？」

「ジン様、獣人の世界において集団同士の関係は支配と庇護しか存在しないのです。ジン様に支配を求めても、イエスとはおっしゃらないでですわ」

「そ、そりゃあねぇ」

「ですが、集団の長同士が決闘した場合、敗者は自動的に勝者の支配下に置かれるのが決まりです」

……何そのルール？　決闘する前に言って？

そんなことを思っていると、サスケが僕の隣にスッと現れた。

「おやおや、デメテル殿。先ほどから随分都合の良いことばかり言っておられますね？」

……うん。確かに、そういう感じあるよね？

「お。おっしゃる通りですわ。返す言葉もございません……」

ああ、なんかしょぼんとしちゃったな……ちょっと可哀想。

「ふむ。ですが、デメテル殿の判断は正しい。今更ではありますが、ジン様の軍門に下る判断をす

ると は、さすがエリートと呼ばれる馬人族《ウェアホース》。見直しました。これからはジン様の素晴らしさを、この樹海中に広めていきましょう！」

「ええ、もちろんです。どうぞよろしくお願いしますわ、サスケ殿！」

なんかサスケとデメテルが固く握手している。

さらに、いつの間にか馬人族《ウェアホース》と鼠人族《ウェアラット》が集まってきて、熱烈に拍手しはじめた。

なんだこれ？　またしても断れる空気じゃなくなっている。

……もうこうなったらどうしようもない。

これ以上深く考えない方がいい。みんな喜んでいるみたいだしな。

「まあジン様、悟りでも開かれたようなお顔をされていますわ」

「そう？　確かに新しく悟ったことはあるよ」

どうしようもない時は深く考えない。それに尽きる。だってどうしようもないから。

「そ、そうですか。では今後のことにつきまして、私達馬人族《ウェアホース》もジン様のご指示で動くようになりますわ。早速何かございますでしょうか？」

「え、そうなの……？　うーん、今は別にないかなぁ」

「承知しました。ではこれまで通り、次の戦《いくさ》に向けて訓練をして参りますわ」

「オッケー。ちなみにその訓練のほうは上手くいっている？」

「それが、私やマリナ達以外は、あまりスキルの習得が進んでいないのですわ……」

そうなんだ。僕なんか結構簡単に習得できたんだけどなぁ。

「たしか、サスケもハムモンにスキルを学んで習得したんだよね？　なんでできたんだろう？」

「はっ。それはおそらく、ジン様の加護の効果と思われます」

「……加護、ですか？　ジ、ジン様はもしかして加護持ちなんですの……？」

サスケの話を聞いたデメテルが、目を丸くしている。

「そうだけど、これって珍しいの？」

「珍しすぎますわっ！　超常なる存在が選別した、ごく一部の者にだけ力を貸し与えたもの。それが加護とされています。世界中でも加護を持つ者はほぼいませんわ！」

「そ、そうなんだぁ……」

僕は転生者だからな……転生中に運良くもらった感じだよね、きっと。

超常なる存在とやらは、やっぱり神的な存在のことだろうか。

「でもサスケ、なんで僕の加護が関係していると思うの？」

「ハムモン様のしごき――いえ、訓練では、なぜかスキルを次々と習得することができました。初めは種族進化のせいかと思いましたが、進化していない仲間も同じでした。そこで別の理由を考えた時、ジン様による命名の結果与えられた、【不死の兵卒《アンデッドポーン》】という加護の効果以外には考えられないという結論に至りました」

ふーん、つまりこの加護には自分や仲間のスキル習得速度を上げるような効果があるってことか。

デメテル達がすぐにスキルを習得できたのは、僕と一緒に訓練していたからなわけね。

「ちなみに、ハンゾウ達も加護を持っているの？」

「はっ。鼠人族《ウェアラット》全員が同じ加護を持っております」

「なんと！　加護持ちの方がそれだけいらっしゃるなんて、世界中を探してもここだけではないでしょうか……」

デメテルが呆然としている。

確かに、もはや珍しくないくらいいるもんな……

「じゃあデメテル、加護持ちとそうじゃない人でグループを組んで、訓練してみようよ」

「なるほど、それは素晴らしいですわ！」

「あと僕の経験上、実戦に近い方がスキルを覚えやすい気がするから、そういう訓練にしよう。もしかしたら他のみんなもすぐに習得できるかも」

「そうだといいですわ。ぜひお願いします！」

鼠人族《ウェアラット》と同じように、馬人族《ウェアホース》にも全員【身体強化】と【物理障壁《フォースバリア》】、【魔法障壁《マジックバリア》】を覚えてもらおう。

ちょっと大変な訓練になるかもしれないけど、これからの戦いで身を守るためには必要だからな。

僕の配下になったと言うなら、これからは何も気兼ねすることはないだろう。くくっ。

「ジ、ジン様が何か悪いお顔をしておられますわ！」

デメテルが従者達に何やら言っているが、僕は気にしない。

多分この加護の情報は敵に伝わっていないはず。

馬人族《ウェアホース》のみんながいきなり強くなっていたら、連中も驚くだろうな。

やっぱり仲間を育てるのってワクワクする。

早速、馬人族《ウェアホース》の実戦訓練を始めることにした。

馬人族《ウェアホース》百人と鼠人族《ウェアラット》四十五人で混合チームを作る。一チーム九〜十人にして、それぞれの種族をバランスよく配置する。全部で十五チームできた。

スキルの指導は主に鼠人族《ウェアラット》が担当する。

昨日命名して鼠人族《ウェアラット》になったばかりのネズミも多いから、人型での戦闘はまだ不慣れなはず。彼らの訓練にもなって、ちょうど良いだろう。

訓練の相手は、僕が不死者の杖で復活させたアンデッド達にする。アンデッドは聖属性や火属性以外の攻撃なら、ダメージを受けても再生できる。

さすがに屍人将軍《ゾンビジェネラル》は強すぎるので、まずは屍人騎士《ゾンビナイト》とアンデッド兵達を相手にしてもらおう。

そう考えて、アンデッド達を村の前まで連れてきた。

訓練の参加者は、すでに整列して僕を待っていた。

それぞれがやる気に満ち溢れた精悍《せいかん》な顔つきだ。

まずは僕から注意事項を説明する。

「みんなにはアンデッド達と模擬戦をしてもらう。チームごとに戦ってみてくれ。スキルの使用を意識すること。あと、アンデッドは何度でも再生するし、復活できるから、思い切って攻撃しても問題ない。以上！」

「そ、それだけでしょうか!? 屍人騎士《ゾンビナイト》が相手では、まともな戦いになるか……」

何やらデメテルが心配そうにしている。まあ、確かにアンデッド達にも注意が必要か。

「ふむ。ではアンデッド達、君らは間違っても彼らを殺さないでくれよ。ちなみにデメテル達もアンデッドを消滅させないように。そうなると復活できないから」

アンデッド達が一斉に頷き、鼠人族《ウェアラット》が気合いの入った声で「はっ！」と返事をする。

それにつられてか、馬人族《ウェアホース》からも「は、はい……」という声が聞こえてきた。

デメテルと従者達も青ざめた顔をしているが、きっと心配ない。

やる時はやる娘達だからな、多分。

「それでは、始め！」

一斉に模擬戦が始まった。

ちなみに、サスケ達には引き続き屍術王《ネクロマスター》や樹海全体の偵察をお願いしてある。情報は重要な武器になるからだ。

あと、昨日の戦場で使えそうなアイテムが落ちていたら、集めてもらうようにも頼んだ。

剣や弓矢の在庫は一応増やしておきたい。

僕はしばらく訓練の様子を観察していた。

想定通りだが、かなり激しいことになっている。

馬人族《ウェアホース》や鼠人族《ウェアラット》は、相手がアンデッドなので手加減がない。

腕を斬り落とすわ骨を折るわで、やりたい放題だ。

だがアンデッドも負けてはいない。すぐに復活すると兵同士で連携して反撃を開始する。その結果、馬人族《ウェアホース》の切り傷や擦り傷は当たり前。たまに骨折したり気絶したりする人まで出ている。

両方ともちょっとやりすぎじゃね？

僕も怪我人の回復に参加しているけど、そのうち魔力が空になりそうだ。

だが、この訓練が功《こう》を奏《そう》したのか、スキルを習得する者が次々と現れはじめた。

やっぱり【不死の兵卒《アンデッドポーン》】は、スキル習得の速度を早める効果があるらしい。

ちょっと訓練が激しすぎる気がしたので止めようとしたけど、みんな「このままやらせてくださいっ！」って言うので、放置している。

どんどん強くなれるものだから、ハイになっているよ、絶対……


引き続き訓練を眺めていたら、サスケが偵察から戻ってきた。

「ジン様。樹海に散らばっていたアンデッドの部隊が、敵のアジトに続々と帰還している模様です。中には死霊の賢者《リッチ》クラスの強力な魔物の姿も多数確認されております」

「ええ!?　それ、やばいじゃん！」

「また、魔物は次々とアジトに入っていくものの、出てくる者がおりません。中がどうなっているのか分かりませんが、内部にかなりの戦力を溜めているようで、不気味です」

「そうなんだ。もしかすると、僕達に偵察されていることに気づいていて、戦力を見せないようにしているのかも。だとすれば、相変わらず人間みたいに悪知恵が働くやつだ」

「おっしゃる通りですね。案外、昔は人族だったという可能性も考えられます」

人族から魔物に種族変異したわけか。確かにありそうだ。

「もう一つ情報がございます。樹海の住民達が明日の会談のためにこちらへ向かっております。ただ、その数がかなり多いようです」

「……多いっていうと？」

「種族によっては全員でこちらへ向かって来ているようです。数ははっきり分かりませんが、少なくとも五百名以上はいるのではないかとのことです」

「ご、五百!?　なんでだろう……？」

「敵対された場合、雑魚《ざこ》でも群れられると面倒です。代表者だけ来いと言って追い返しますか？」

「うーん、きっと何か理由があってのことだろうし、とりあえず放っておいていいよ」

僕はサスケにそう伝えると、ハンゾウ達にも【念話】で指示を出した。

しかし全員で移動ってどういうことだ？　まさか村や集落を捨てたとか？

仮にそうだとすると、なんでそんなことをするんだ……？

まぁ、明日その辺りも聞いてみよう。

それはそうと、サスケに頼もうと思っていたことがあった。

転移魔法陣がある妖精族《フェアリー》のアジトに連れて行ってもらおうと思っていたのだ。

早速サスケに頼み、僕達はそのアジトへ向かった。

その道中、隣を歩くサスケはずっとニコニコしていて嬉しそうだった。

アジトの中は酷くじめじめしていてカビ臭い。

地下に向かうと、広々とした部屋の中央に魔法陣が描かれていた。

一度にたくさんのアンデッドを転移させるためなのか、魔法陣は非常に大きい。

近くに寄って、魔法陣に書かれた文を読んでみる。

いつもの魔法言語だ。普通に読めるな。

……どうやら本当に転移魔法陣のようだ。

というのも、定員数・最大重量・最大速度・必要な魔力量・対になる魔法陣同士を識別する記号など、それらしい設定がびっしり記載されている。

ここまでしっかり定義しないと、転移って発動できないのかな？

ちょっと危険そうな魔法ではある。

これだけの規模なら魔法陣が良さそうだけど、僕とサスケだけなら大丈夫かも？

アジトの入り口を転移先とし、この場所から瞬時に転移するイメージをする。

そして指をパチンと鳴らした。

僕の視界が一瞬真っ暗になり、すぐに見覚えのある密林が目に入った。

後ろを振り返るとアジトの入り口があり、隣にはサスケいる。

どうやら上手くいったらしい。

「ジ、ジン様！　今のはまさか、転移魔法ですか!?」

「そうそう。魔法の名前は……【転移《トランスファー》】だって。これ、上級魔法だわ」

「これほど簡単に上級魔法を覚えてしまわれるとは……！」

確かに簡単に覚えられたけど、この世界の魔法はとにかくイメージ勝負だ。

前世でラノベやマンガを嗜《たしな》んできた僕としては、転移のイメージなんて余裕だ。

この世界にどんな魔法があるか分からないけど、よほど変わったものじゃない限り、大体使えるようになるだろう。

しかしこの魔法、強すぎないか……？

魔力はまあまあ消費するけど、それを補って余りある効果だ。

これが使えたら、純粋な魔法使いでも、戦士との接近戦で負けないんじゃないか。

まあ、ちんたら詠唱していたらやられるかな。僕はしないけど。

「……よし、目的は達成した。このアジトには他に面白いものはなさそうだし、【転移《トランスファー》】で村に戻ろう！」

「ト、【転移《トランスファー》】でございますか？」

「うん。練習にもなるし、楽ちんだし？」

「そうですね……」

なんかサスケが残念そうな顔をしている。

歩いて村に帰りたいみたいだけど、さすがに疲れるし、時間がかかるだけだ。

転移魔法を覚えてしまった僕は、もうそんな不便な生活には戻れない。

転移先に村の入り口をイメージして、指をパチンと鳴らす。

目の前が一瞬暗転し、ちゃんと村に戻ってくることができた。

屍術王《ネクロマスター》も【転移《トランスファー》】を使えるんだろうけど、僕が使えるようになったことは知るまい。これまた、やつの裏をかくネタが手に入ったぞ。


村ではまだ訓練が続いていた。

一息ついているデメテルに状況を聞くと、スキルの習得状況は順調らしい。

なら放っておいても大丈夫そうだし、次はエデッサの町に行くか。

注文していた武器がそろそろできているはずだ。

それに、樹海に来ていた冒険者の集団について、調べに行きたい。

「また町に行こうと思うんだけど、デメテルも行かない？」

「喜んでお供しますわ！　これからすぐに向かわれますか？」

「うん。そうしたいけど、大丈夫？」

「いつでも大丈夫ですわ！」

さすがデメテルは頼もしい。

すると僕達の会話を聞いていた従者達が、訓練をやめて近づいてきた。

「私達もご一緒します。今回はお二人の移動速度に追いつけるはずですので」

前回は僕が【身体強化】、デメテルは【獣化】を使って移動した。

従者達はどっちも持ってなかったから、ついて来られなかったんだよな。

今は【身体強化】を習得したので、大丈夫らしい。

……まあ、もはや走る必要もないんだが。

「走るよりも早く行く方法があるから、それで行こうじゃないか」

「はあ。乗り物でもなさそうですが、どんな方法ですの？」

釈然としない様子のデメテルに、僕はニヤリと笑いかける。

「こういう方法さ」

僕はエデッサの町に近い樹海の出口を転移先としてイメージして、指をパチンと鳴らす。

視界が暗転し、全員が瞬時に僕が思い描いた先へ移動した。

「こここ、これは!?」

「転移魔法だよ」

「な、なんと……」

デメテルが絶句している。

びっくりさせようと思っていたとはいえ、ちょっとやりすぎたかな？

「お、おいソフィア、【転移《トランスファー》】って、上級魔法じゃなかったっけ……？」

「……そ、そうよ。そもそも上級魔法自体、使える者が限られているのだけど、中でも【転移《トランスファー》】は戦略級魔法。使用できる者が一人いるだけで、戦争の行方を左右すると聞いたことがあるわ……」

マリナとソフィアがなんか物騒《ぶっそう》な話をしている。

……この魔法って、そんな感じなの？

確かに、人もモノも瞬時に移動できるって、結構ヤバい気がする。

「さすがジン様。便利」

「お、おう」

エヴァはどうやら僕のことをタクシーか何かだと思っているようだ。

「さあ、行こうか！」

ローブについたフードをしっかり被り、【収納】からサファイア製の眼鏡をかけるのも忘れていない。デメテル達も同じように、フードを深く被った。

街の門に着くと、またこの前の守衛がいた。

皆が冒険者証を見せる。マリナ達もやっぱり持っているんだな。

それぞれの冒険者証を確認後、守衛が門を開けてくれる。

「『緑眼』ファンの兄ちゃん、まだ生きていたんだな！」

「まあな。このイケてる眼鏡のおかげみたいだ」

僕は守衛に話を合わせて、思ってもいないことを口にする。

「イケてるってあんた、もう『緑眼』は時代遅れだぞ。流行りを追っかけるタイプの割に、最新の流行を知らないのかい？」

いや、前世からそういうタイプじゃないです。

あんまり興味ないけど、最新の流行とやらを聞いてみるか。

「いやぁ、町には来てなかったし、知らないんだ。教えてもらえるか？」

「わははっ。兄ちゃん、本当に好きだなぁ！　それじゃあ教えてやる。最新の流行は、なんと『赤眼《せきがん》の死霊魔術師《ネクロマンサー》』、通称『赤眼《せきがん》』さ！」

今度は赤かよ！　……っていうかそれ、もはやアンデッドじゃね？

そんで死霊魔術師《ネクロマンサー》って、この世界にもいるんだなぁ。

流行には興味がないけど、こういう情報はありがたい。

「『赤眼』か、それは良い話を聞いた。あんたにはいつも情報をもらってばかりだから、お礼がしたい。何がいいとかあるか？」

「あん？　こんなくだらん情報で礼なんて、あんた変わってるな。そうだな、俺は酒が好きでね。この通りの左に行った先にある酒場のエールが最高なんだ。久しぶりにあれが飲みたいが――」

「分かった。帰りに持ってくるよ」

「……マジか？　本当に変わってんな。まぁ期待しないで待ってるよ！」

守衛と別れて町に入る。

まずは今回の目的の一つである情報収集からにしよう。行き先は冒険者ギルドだ。

前回来た時と同じで、冒険者ギルドの掲示板に貼られた依頼書は数枚しかない。

その中に一際目立つ依頼書があった。死霊を統べる大賢者《エルダーリッチ》の合同討伐依頼だ。

内容を見てみると、「A級冒険者五名以上、またはS級冒険者一名以上を推奨」とある。

A級冒険者ですらこの町になかなか立ち寄らないらしいし、S級冒険者なんてそんなにいないはず。そうなると、この依頼書って無理がないか……？

掲示板の向かい側にあるレストラン兼酒場は、今日も相変わらず賑わっている。

ん、あれは『赤眼』ファッションか？　赤い眼鏡をつけた冒険者が見える。その冒険者は『緑眼』の僕を見つけると、呆れたように大きくため息をついて、首を左右に振る。

なんだこいつ！　なんか悔しい！　僕も赤い眼鏡買おうかな……

そんな心の声が伝わったのか、デメテルに「後で買ってあげますわ」と慰められた。

そのままカウンターの方に手を引かれていくと、そこには今日も受付職員のローザがいた。

「やあローザ、少し聞きたいことがあるんだが」

「あら、この前の新人さんですね。そういえば、デメテルさんと共に狼人族《ウェアウルフ》の冒険者を返り討ちにしたと伺っています。そんな方をもう新人とは呼べませんね。失礼しました」

ええ、なんで知ってるんだ!?

「あ、ああ。まさか見られていたとは驚いたな」

「いえ、監視していたのはジンさんではなく、狼人族《ウェアウルフ》のほうでしたので、たまたまなんですよ」

「……なるほど。じゃあ何か邪魔しちゃったかな？」

「そんなことはありません。細かくはお話しできませんが、あれがきっかけで、ジンさん達を襲撃した罪だけでなく、彼らの余罪も追及することができました。お二人には感謝しています」

ローザは小さくお辞儀《じぎ》をする。そして今度はデメテルの方に顔を向けた。

「特にデメテルさんの活躍には、町に住む獣人の皆さんも驚いておられました。狼人族《ウェアウルフ》に嫌がらせをされていた人も多かったので、お礼を言いたいという方も少なくありませんでしたよ」

「そ、それは良かったですわ！」

デメテルは誇らしそうな表情をしている。

そして従者達は「さすがデメテル様だ！」なんて褒めている。

「それで、ジンさんが聞きたいこととはなんでしょう？」

「あ、そうだった。掲示板に貼ってある死霊を統べる大賢者《エルダーリッチ》の討伐依頼なんだけど、進捗がどうなっているのかと思ってね」

すると、ローザが訝しげな表情で応える。

「……参加したいのですか？　失礼ですが、ジンさんの冒険者ランクでは――」

「いや、そうじゃなくて、死霊を統べる大賢者《エルダーリッチ》が怖いから、いつ頃終わるのかなぁ、なんてね」

「なるほど、確かに気になりますよね。心配させてしまって申し訳ないのですが、まだA級冒険者もS級冒険者も集まっていないというのが現状です……とはいえ、定期的に状況の把握は必要なので、B級冒険者にお願いして樹海の様子は調査してもらっています。ちょうど今日、調査から戻ってきた冒険者達に聞き取りをしているところです」

……なるほど、つまりこの前樹海にいたのはB級冒険者の集団で、樹海の調査に来ていただけだったのか。

一人納得していると、ギルドの二階から冒険者が何人か階段を下りてくるのが見えた。

「彼らがそのB級冒険者です。聞き取りは終わったようですね」

冒険者達は肩をがっくり落とし、やや青ざめた表情をしている。

彼らがギルドを出ていくと、今度はスキンヘッドで筋肉ムキムキの大柄《おおがら》な男が階段を下りてきた。頭には立派な角が二本生えている。羊の獣人のようだが、ハムモンみたいに羊寄りではなく、デメテル達みたいに人寄りだ。

その獣人がローザに話しかける。

「あいつらをもう一度調査に行かせることにしたぞ。多少酷だが……結局死霊《エルダーリッチ》を統べる大賢者の情報がさっぱりだからな。それとは別に、無数のアンデッドを使役して、死霊《エルダーリッチ》を統べる大賢者の軍団を蹴散らしたやつを見たらしい。あいつらが『赤眼の死霊魔術師《ネクロマンサー》』とか呼んでいるやつだな」

……えっ、死霊《エルダーリッチ》を統べる大賢者の軍団を蹴散らしたやつ？　それってまさか……僕のこと？

「本当かどうか分からんが、そんな危ないやつもいるなんて、樹海はどうなっちまったんだ！　『赤眼』が何者か分からん以上、この件についても冒険者達への注意喚起を頼むぞ」

「承知しました、ギルドマスター」

ローザが獣人に返事をする。

ギルマスなのか、この男。確かに威厳《いげん》があって強そうな雰囲気だ。

「おう、頼んだ。それはそうと、お前デメテルか？　最近随分活躍しているみたいだな！」

ギルマスが今度はデメテルに話しかけた。彼女はフードを被っているのに、よく気づいたな。

「いいえ。まだまだこれからですわ」

「ほう、そりゃあ楽しみだ。頑張れよ！」

「はい。精進いたしますわ！」

ギルマスと知り合いなのか。結構親しい関係みたいだ。

「じゃあな！」

ギルマスはギロッと僕を一瞥《いちべつ》したのち、二階へ戻っていく。

その際に小さく「まだ『緑眼』のファンがいるんだな」と呟いたのが聞こえた。

別にファンじゃないです。

「そろそろ行こうか」

僕の言葉に、デメテルが頷く。

しかし、さあ歩き出そうというところで、ローザに呼び止められた。

「ジンさん。そういえば、このエデッサにS級冒険者の『宵闇の魔女《トワイライトウィッチ》』が来るという情報があります。その方が来れば安心ですので、もう少しの辛抱です。どうぞお気をつけて」

へえ、S級冒険者か。そいつに目を付けられるとヤバそうだな。できるだけ関わらないようにしよう。

「それは良いことを聞いた。ありがとう」

ひとまず必要な情報は手に入れて、僕達は冒険者ギルドを後にした。

次の目的地は武器屋だ。

注文していた武器と、念のため矢の攻撃から身を守れるように盾を買いたい。

武器屋に向かう途中で、デメテルが僕に話しかけてくる。

「おそらく、『赤眼』はジン様のことですわね。もうこれほど広まっているとは……」

「やっぱりそうだよねぇ。変に目立つと討伐対象にされちゃいそうだな……」

やっぱり僕みたいなアンデッドは、極力表に出ず、日陰でこそこそ生きて行くのが無難だ。

こうして町に来るのも、本当はかなり危険なんだよな。

「お待ちしておりました、お客様！」

店に着くと、店主のエウゲンが出迎えてくれる。注文していた武器はできているだろうか。

「早速商品をお持ちしますね！」

僕が何か言う前に、彼は店の裏から大きな布に包まれた商品を持ってきてくれた。

カウンターの上で布を取り外すと、中から様々な武器が出てきた。

忍者刀は刀身の長さが五十センチぐらいで、片刃だが日本刀のように反りはない。

本物の忍者刀は人を斬る以外にも、足場にするとか色々な用途で使われていたらしい。

それを真似して作ってもらったわけだけど、この形状まさに機能美って感じで格好良い。

クナイや手裏剣、撒菱《まきびし》も注文通りだ。

ドワーフの鍛冶師は相当腕が良いらしい。

「お気に召しましたか？」

「完璧だよ！　鍛冶師さんにも礼を伝えておいてほしい」

「承知しました。鍛冶師のギッスルは初めて作るものばかりだって、大興奮でしたよ！」

へえ、さすが職人だな。武器の質も良いし、またお願いしよう。

「素材や魔石を用意していただければ、お望みの武器を作ることもできると言っていました。もし機会があれば、お申し付けください」

「そっか。なら今度探しに行ってみようかな？」

「なんと⁉　うちは武器素材の買取りもやっています。商人ギルドよりも必ず高く買取りますから、もし売る場合はぜひうちにお願いします！」

圧が凄い！

「わ、分かった。そうするよ」

そういえば素材が手に入らないって言っていたし、この感じだと結構困っているのかも。

僕がそう返事をすると、エウゲンは満足そうに頷く。

「他にも何かお探しですか？」

「ああ、矢を防げるような盾を探していてね。あと、また何か良い武器でもあれば、見せてほしい」

僕がそう言うと、エウゲンは満面の笑みで「少々お待ちください！」と応えた。そして店にいた店員みんなに声をかけ、盾をカウンターに運んでくれる。

運ばれてきた盾には、小型の丸い盾もあるが、騎士などが持ちそうな大型の盾もある。

種類も素材もかなりバラバラで、小型が五十枚で、大型が三十枚だ。

次に、エウゲンは店の奥から何やら武器を持ってくる。

「こちらもぜひご覧ください。真銀《ミスリル》をかき集めて作った、ギッスルの自信作です！」

カウンターに置かれた武器を【鑑定】する。

〈真銀製《ミスリル》の両手剣《バスタードソード》。攻撃力＋280、属性付与《エンチャント》：火属性。追加効果：筋力＋20〉

〈真銀製《ミスリル》の弓。攻撃力＋180、属性付与《エンチャント》：風属性。追加効果：素早さ＋20〉

〈真銀製《ミスリル》の杖《ワンド》。追加効果：魔力＋100、知力＋50〉


「ほう、これは素晴らしい。全部もらおう」

「さ、さすがジン様！　お目が高い！」

素晴らしいなどと言ってみたが、正直あんまりよく分かっていない。

ただ自信作と言うんだから、買っておいて損はないだろう。

「ジ、ジン様!?　値段も聞いていませんが!?」

デメテルが引いている。そういえばそうだった。

「盾も含めて、全部でいくらかな？」

「金貨三十五枚で結構です」

高《たけ》ぇ。けどお金はまだある。

「ふむ、もらおう」

僕は【収納】から金貨三十五枚を取り出して支払った。

デメテルが小さくため息を吐くのが聞こえた気がする。

「またお待ちしていますよ！」

エウゲンが大声で見送る中、僕達は店を出た。

「ジン様、ありがと」

まだあげるとは言っていないが、エヴァが手を出して待っている。

こちらから言い出すまで待ってほしいものだ。

とはいえ、従者達はみんな訓練を頑張っているし、このくらいの褒美《ほうび》はあって然《しか》るべきだろう。

エヴァには杖、マリナには両手剣、ソフィアには弓を渡した。

みんな目を輝かせている。

帰りに酒場に寄って、エールの瓶五本と樽《たる》二つを買い込んだ。

守衛用に加えて、仲間達の分も買っておこう。

最後に回復薬類と赤い眼鏡も買って、お買い物は終了。

なんで『赤眼』自身が赤い眼鏡を買うのか、意味が分からない。

ただ、ずっと緑の眼鏡のままだと悪目立ちするし、そのうち怪しまれそうだ。

帰りがけ、エール瓶五本を守衛に渡した。

彼は驚いていたが、喜んでくれたようで、また情報をくれる。

「そういやぁ、S級冒険者がもうすぐこの町に来るって話は知っているかい？　その冒険者は昔、あの不滅の軍勢《イモータルズ》の中将だったたっていう噂だ。どんなやつか、会ってみたいもんだな」

僕達は彼に礼を言って町を出た。

守衛の話を振り返り、デメテルが呟く。

「不滅の軍勢《イモータルズ》の中将ということは、ハムモン様の部下に当たる方ですわね。どんな方なのでしょう……」

「あ、そっか。なら悪い人ではなさそうだね。ただ、僕はアンデッドだから、敵だと思われるかも。その人が来る前に屍術王《ネクロマスター》との戦いは終わらせておきたいなぁ」

村に戻り、サスケ達のためにあつらえた武器を渡しておく。

刀の数が足りないから、先に謝っておいた。上手く分けてくれることを祈ろう。

◆

――翌日。

馬人族《ウェアホース》と鼠人族《ウェアラット》の訓練は上手くいっているので、手が空いた僕は前世からの夢を叶えることにした。

それはもちろん、犬の散歩だ。

「アヌビス、これから散歩に行こう！」

「ガウッ！」

良い返事だ。完全に僕の言葉を理解している気がする。頭が良いよなぁ、アヌビスって。

さぁて、今日はどこに行こうか。この前は南に行ったし、今度は西とか？

「そういえば、樹海って真銀《ミスリル》がとれるんだよな。いったいどこに行けばあるんだろう？」

これだけ広いと、適当に歩いても見つかるはずがない。

ただ、屍術王《ネクロマスター》戦に向けてみんなの装備を作りたいし、そのうち探しに行ってみるか。

そう思っていると、アヌビスが僕の前に立った。

「ガウガウッ！」

ふむ、全然分からん。でも何かを伝えようとしているみたいだ。

すると、いきなりアヌビスは南の方角に走り出した。

「ええ!?　ま、待ってくれー！」

僕は急いでアヌビスの後を追いかける。めちゃくちゃ足が速い。

散歩ってこんなんだっけ？

犬を飼い主が追いかけるパターンなんて、見たことないぞ。

しばらく走ると、見覚えのある崖が視界に入ってきた。この前落ちたところだ。

さすがに今回は落ちたくないので、僕は崖の手前で足を止めた。

しかし、アヌビスは勢いを止めず、そのまま崖に飛び込んだ。

そして、まるで地面があるかのように宙をぴょんぴょん蹴り、崖下に降り立った。

な、なんじゃそれ!?　犬ってこんなことまでできるのか？

そういえばアヌビスは、死霊の賢者《リッチ》みたいな魔物とやり合えるくらい強く、僕の言葉を理解するほど賢い。

そして今の技。薄々勘付いてはいたが、何かおかしい。

……これはもう間違いないな。

うちのアヌビスは天才なのだ。超絶可愛い天才犬だったのだ。

「ガウガウッ！」

またついて来いと言っているようだ。

僕は指をパチンと鳴らすと、瞬時にアヌビスの横へ転移する。

そこには、巨大な洞窟が口を開けていた。

こんなのがあったのか。前に来た時は全然気づかなかったなぁ。

アヌビスは再び、洞窟の中へと駆け出した。僕もその後を追う。

ここってダンジョンだよな？　ちょっと楽しみだ。

中は真っ暗だが、僕には【暗視《あんし》】があるので、問題ない。

どうやらアヌビスも見えているみたいだ。

洞窟の中にはヘビやカエルの魔物が結構な頻度で現れるが、アヌビスがさくっと倒してしまう。

後ろから襲ってくるアリの魔物の大群は、僕の斬撃の餌食《えじき》になった。

しばらく進むと、今度は広いフロアに化け物みたいなデカさのクモが現れ、行く手を阻んだ。

【鑑定】すると、女王蜘蛛《クイーンスパイダー》という種族の魔物らしい。

次々とクモの雑兵《ぞうひょう》を生み出し、戦力を増やしていく。

こいつ、もしかして強いのか？

だが、アヌビスは全く怯《ひる》む様子がない。

「オォォォォオオオンン！」

アヌビスは洞窟全体が震えるほどのけたたましい咆哮を放った。

その衝撃で敵全員が行動不能になる。

すると、アヌビスは凄まじい速度でフロアを駆け回り、相手の首をあっさり噛み切っていく。敵を全滅させるのに要した時間は五分くらいだろうか。アヌビス強すぎ。

そこからしばらく進んだところで、ついにアヌビスが足を止めた。

「ガウガウッ！」

正面は行き止まりで壁だから、最奥部なんだろう。

その壁をよく見ると、あちこちから結晶のようなものが飛び出している。

結晶は白銀色に光っており、どうやら金属の類らしい。

なんだここ？　ちょっと【鑑定】してみるか。

〔真銀《ミスリル》鉱床。樹海産の真銀《ミスリル》を産出する。樹海中部高地の東に広がり、世界でも有数の埋蔵量を誇る〕

「ミ、真銀《ミスリル》!?」

「ガウッ！」

この結晶がそうなのか……？

完全に露出しているものもあれば、岩壁の中に埋まっているものもある。

一見して相当な量と分かる。

「凄いぞ、アヌビス！」

なんて賢いんだ、この子は。しっかり頭を撫で回しておかなくては。

アヌビスも尻尾を振って嬉しそうだ。

せっかくだし、とれるだけとって帰ろう。

転がっている岩を【武器創造《クリエイトウェポン》】で槌《ハンマー》に作り変え、真銀《ミスリル》の結晶を叩く。

すると結晶は比較的簡単に根元から取り外せたので、この要領で壁面に露出しているものを全部集めた。

なかなかの量だ。もしトロッコがあれば、いっぱいになるんじゃないか。

これでみんなの武器が作れると思うと、楽しみだな。

「よし、こんなもんだろう。じゃあそろそろ戻るか！」

「ガウッ！」

僕は転移魔法で村に戻った。

◆

午後からは樹海の住民達と会談の予定だった。

村の周囲を見る限り、鬱蒼とした樹海以外目に入らないが、【気配察知】では無数の気配が感じ取れる。どうやら皆さん、すでに到着しているようだ。

野営地に移動するとサスケがスッと現れた。

「ジン様。すでに樹海の住民達は、午前中に到着しております。到着後は我々の訓練を陰から見ていたようです。相変わらず、覗きが趣味みたいですね」

辛辣なお言葉。はたから見ていると、あの訓練は結構面白いんだよな。

模擬戦っていっても、皆本気で戦っているから、迫力がある。

「そっか、了解。皆さんお待たせして悪いけど、少し疲れたから、昼食の後にしてもらおう」

一時間ほど休憩した後、デメテルに野営地まで来てもらって、一番大きい僕のテントで会談することにした。

テントの中にはいつの間にか、地面より一段高い場所に木製の椅子が置かれている。

それに僕が座り、隣にデメテルとサスケが控える形で来客を待つ。

二人にそうするよう言われたんだけど、なんかちょっと偉そうで居心地が悪い。

「サスケ、じゃあ皆さんを呼んでもらえる？」

「はっ」

サスケが【念話】でハンゾウに連絡し、樹海の住民を連れてくる手筈になっている。

しばらくすると、樹海の住民の代表者達がひどく怯えた様子でテントに入ってきた。

彼らは不安げな目でこちらをチラリと見ると、小さく身を震わせたあと、慌てて視線を下に向ける。

……どうしたんだ？　まさか僕、怖がられてる？

彼らのうち、魔物は小鬼族《ゴブリン》・大鬼族《オーガ》・森狼《フォレストウルフ》で、それ以外は豚人族《オーク》・妖精族《フェアリー》・樹人族《トレント》らしい。

種族がバラバラだけど、一緒の空間で会談して良かったのかな？

まぁいいや、今更だ。とりあえず挨拶しよう。

「皆さん、わざわざこんなに遠いところまでよく来てくれました……いや、よく来てくれた。僕はジンだ、よろしく。さて、今日はどういった用件かな？」

代表者達に聞いてみると、「ははぁ！」と言って、地面に平伏《へいふく》してしまった。

あ、あれ？「ははぁ！」につながるポイントなんてあったか……？

助けを求めてデメテルやサスケに目を向けると、なんかうんうん頷いている。

役に立たんな、こやつら……

そのままなぜか沈黙の時間が続く。

……そ、そうか。この聞き方じゃあ、誰が先に喋ればいいか分からないのかも。

「ではまず、小鬼族《ゴブリン》の君からお願いできるかな？」

その小鬼族《ゴブリン》は長い髭《ひげ》を伸ばして威厳がある風貌《ふうぼう》だ。

「はっ、ははぁ！」

小鬼族《ゴブリン》は僕の呼びかけに応えて顔を上げた。

「ジ、ジン様！　この度は面会の機会をいただき、恐悦至極《きょうえつしごく》でございます！　また先日は私達の集落を救っていただき、まことにありがとうございました！」

「ああ、いえいえ。そういえば、まだ屍人《ゾンビ》になっていない方は隔離してあるはずだよね。なんとか治ると良いですね！」

「はっ、はい！　もしそうなれば、大変嬉しい限りでございます!!」

そう言うと、小鬼族《ゴブリン》は深々と頭を下げ、また沈黙が続く。

話の続きは⁉

みんな妙に恐縮しちゃって話が進まんぞ！

こりゃあ、司会進行が必要だな。

「サスケ、話を進めてくれるか？」

自分には無理そうだったので、サスケに丸投げする。

「承知しました」

そう返事をすると、サスケは小鬼族《ゴブリン》に向かって言う。

「おい、貴様ぁ！　挨拶はもういい！　早く用件を述べよ！」

えー？　任せておいてなんだけど、その言い方酷くない？

「ゴブッ⁉　も、申し訳ございません！　端的《たんてき》に言いますと、屍術王《ネクロマスター》の軍団をも滅ぼすそのお力に縋りたく、こちらまで参った次第です！」

「ほう。詳しく話してみよ」

「はい！　私達小鬼族《ゴブリン》は屍術王《ネクロマスター》が現れて以来、ずっとやつの研究の実験動物《モルモット》にされてきました。誘拐され、屍人《ゾンビ》に変えられた仲間に襲われることだってあります。危険を避けるために樹海のあちこちを転々としていますが、仲間はどんどん減り、小鬼族《ゴブリン》は滅びを待つばかりなのです」

「だから助けてほしいと言うのだな？」

「は、はい！　これまで樹海で屍術王《ネクロマスター》の軍に勝利した者などおりませんでした。ジン様こそが樹海の希望なのです！」

……いつの間にか希望になっていたぞ、僕。

「ふむ、貴様の考えは正しい。では、小鬼族《ゴブリン》と違う用件で来た者はいるか？」

サスケが他の種族に確認すると、茶色の毛並みが美しい森狼《フォレストウルフ》が話しはじめた。

「わ、私達は小鬼族《ゴブリン》どもと違い、助けてほしいのではありません！　打倒屍術王《ネクロマスター》の仲間に入れていただきたいのです！　私達はアンデッド軍に攻められて数は減っておりますが、決して弱いわけではございません。このまま指を咥《くわ》えて滅ぼされるのを待つのはごめんです。どうか、あなた方の仲間に入れてもらえないでしょうか⁉」

「なるほど。森狼《フォレストウルフ》は勇敢な種族のようだな」

すると小鬼族《ゴブリン》が慌てて反論する。

「わ、私達もただ守ってもらおうなどとは考えておりません！　多少強いからといって、森狼《フォレストウルフ》ごときが愚弄《ぐろう》するでないわ！」

「な、なんだと貴様ぁ⁉」

「ちょっと待って！」

僕の声にビクリと反応し、二体の魔物は「ははぁ！」と再び平伏した。

「小鬼族《ゴブリン》も森狼《フォレストウルフ》も、勇敢なのは分かった。だから、もうそのことで争うのはやめない？　僕達には共通の敵がいるんだから、少なくともその敵を倒すまではね」

僕の言葉に全ての種族が頷く。

よし。これだけでも屍術王《ネクロマスター》と戦うのに集中できて、楽になる。

僕が目で合図をすると、サスケは再び会談を進行する。

「では、それ以外の用件で来た者はいるか？」

今度はどの種族からも言葉が出なかった。

みんな僕達と一緒に戦いたいってことか。そのために大移動してきたの？

それはそれでちょっと困ったなぁ。住む場所とか食料とかはどうするんだろう。

「皆様、もう安心して大丈夫ですわ。ご存知の通り、ジン様は慈悲深く、規格外の力を持つお方です。屍術王《ネクロマスター》など足元にも及びませんわ」

自信満々って顔で、デメテルが断言した。

足元にも及ばないは、さすがに言いすぎだと思う。

「また、この場を見れば分かるように、人と魔物を区別する方でもございません。ジン様を信じた者は、必ず救われるでしょう」

おいおい、どこかの宗教みたいなこと言っているぞ⁉

「あ、ありがとうございますっ！」

なんか小鬼族《ゴブリン》の長老が泣きはじめちゃった。そんなに苦労していたのか。

まぁ、敵軍がどれほどのものか分からない以上、仲間が多いに越したことはないんだけど。

「ジ、ジン様！」

妖精族《フェアリー》の代表が顔を上げる。

まるで子供のような見た目だが、声はしっかり大人だな。

「何かな？」

「畏れながら、いくつかお伝えしておきたいことがございます。よろしいでしょうか……？」

「ええ、どうぞ」

「……実は、現在の屍粉《ゾンビパウダー》が生まれるきっかけを作ったのは、我々妖精族《フェアリー》なのです」

その言葉に他の種族が驚愕する。

「へえ、と言うと？」

「はい。我々はこの世界で最古の種族の一つであり、特殊な知識や能力を持っています。そこに目をつけられ、やつの実験に協力しなければ妖精の里を滅ぼす、という脅迫を受けました」

「ふむ」

「そこで、ある妖精族《フェアリー》が屍術王《ネクロマスター》のもとに下《くだ》り、その妖精族《フェアリー》から伝わった妖精族《フェアリー》の知識によって、今の屍粉《ゾンビパウダー》が生まれてしまったのです」

なるほど、そうなんだ。でもちょっと気になることがあるな。

「屍粉《ゾンビパウダー》には色んな効果があるよね。どの部分が妖精族《フェアリー》の知識によるものなの？」

「それはアンデッドに【無限再生】を付与する効果です。妖精族《フェアリー》が持つ知識、精霊の秘宝に再生薬の製法がございます」

すげぇな、妖精族《フェアリー》！

そんなやばい薬が作れるなんて、最古の種族っていうのも伊達じゃない。

「ただ、どうやら屍術王《ネクロマスター》に協力している者は、あえて不完全な製法を教えているようです。屍粉《ゾンビパウダー》で作られたアンデッドの知性が低いのは、不完全な再生薬の副作用によるものと思われます」

「そうだったんだ。その妖精族《フェアリー》のおかげで、アンデッドは弱点を抱えているのか」

やるやん、妖精族《フェアリー》。

……あ、この前の戦いにいた妖精族《フェアリー》って、その妖精族《フェアリー》だったりする？

……するよね。

「そういえば、この前の戦いで軍を率いていた妖精族《フェアリー》達がいた。すまないが、三人のうち二人は僕達が命を奪ってしまったんだ」

「……そ、そうでしたか。残念ではありますが、それは仕方のないことです。彼らも皆様を殺《あや》めようというつもりで来たのですから、当然の報《むく》いです」

僕が正直に打ち明けると、妖精族《フェアリー》は悲痛な面持ちでそう応えた。

「うん。ちなみにその二人の遺体は時間停止機能つきの【収納】で保管させてもらっている。後から埋葬しようと思ってね。君達に渡すことも可能だが、どうする？」

「本当ですか⁉　ぜひそうしていただけるとありがたいのですが、こちらには保管できる者がおりません……すぐに埋葬することもできませんので、申し訳ないのですが、一時《いっとき》の間、保管しておいていただけますでしょうか？」

「それは問題ないよ」

「ありがとうございます！」

妖精族《フェアリー》は僕に平伏して礼を言う。

そしてもう一つ、樹海の歴史についても教えてくれた。

妖精族《フェアリー》と樹人族《トレント》は、大昔からこの樹海に住んでいるらしい。

元々樹海は、北の大陸を支配していた大魔王の影響が及ぶ地域で、手を出す者など存在しなかった。

その結果、樹海は誰にも支配を受けず、誰でも住むことができる——危険ではありながらも自由がある場所だったそうだ。大魔王が逝去《せいきょ》してからしばらくは何事もなかったが、五十年前、強大な力を持つ死霊を統べる大賢者《エルダーリッチ》が現れ、樹海で屍粉《ゾンビパウダー》の実験を始めた。

そして、約十年前から樹海の支配に乗り出したらしい。

無数のアンデッドを作り出して侵略を繰り返す死霊を統べる大賢者《エルダーリッチ》は、いつからか、樹海の住民から畏怖を込めて屍術王《ネクロマスター》と呼ばれるようになったのだとか。

樹海って、元々危険と自由が共存する場所だったのか。

屍術王《ネクロマスター》のせいでその自由が奪われるのは勘弁してほしいよなぁ。

そんなことを考えていると、妖精族《フェアリー》が言う。

「樹海を守るため、どうかジン様のお力をお貸しくださいませ！」

すると、妖精族《フェアリー》だけでなく、全ての種族がまた頭を下げる。

なんか大ごとになってきちゃったなぁ……

「ま、まあ、屍術王《ネクロマスター》は僕の敵だからね。もし戦いになったら、ぜひ皆さんの力も借りたいと思う。

これからよろしく頼むよ」

「「「ははぁ！」」」

代表者達との会談は無事に終わった。

なんだか皆さん、晴れ晴れとした表情をしている気がする。

今後のことを心配しているのって、僕だけじゃね？

代表者達に今日はどこに泊まるのか聞いたら、この周辺に野宿するそうだ。

中には子供もいるだろうし、ちょっと危険だな。

とりあえず、魔法で野営地を囲んでいるのと同じ柵を、六種族分並べて造っておいた。

彼らはどこに住むかで揉めていたけど、サスケに怒られて大人しくなっていた。

村に近ければ近いほど人気らしい。最終的にくじ引きでどうするか決めたという。

あと、食料もこれから集めるっていうから、僕の【収納】に山ほどあるものをきっちり六等分して渡しておいた。

決して、いらないから押し付けているわけじゃない。

森狼《フォレストウルフ》に食料を届けに行った時——

僕の隣にいたアヌビスを見て、狼達が何やら話していた。

「あ、あのお方はまさか……？」

「だが以前お見かけした時と比べて、随分お姿が違うような……？」

ん？　彼らはアヌビスを知っているのか？

森狼《フォレストウルフ》の代表は、アヌビスをチラリと見ると、僕に話しかけてくる。

「ジ、ジン様。そちらのお方はもしや、樹海の守護者であらせられる神獣フェンリル――」

「グルルルウゥ!!」

代表が何か言い終わる前に、アヌビスは鋭い眼光でそちらを睨み、唸り声を上げた。

「「ヒィ!?」」

すると狼達が一斉に小さい悲鳴を漏らし、ガタガタと震え出した。

「どうかした、アヌビス?」

僕の質問に「……ガウ?」と首を傾げるアヌビス。別になんでもないようだ。

「この犬はアヌビスって言うんだ。僕の仲間だよ」

「さ、左様でしたか！　変なことを言って、大変申し訳ありませんでした、アヌビス様！」

代表がなぜかアヌビスに向かって全力で謝罪する。

何か誤解があったみたいだけど、解決されたらしい。

そういえば、アヌビスと森狼《フォレストウルフ》の顔つきって、ちょっと似ている気がする。

犬と狼だから、当然っちゃあ当然か。


夜は僕のテントに代表者達を招いて、ちょっとした宴会《えんかい》を開くことにした。

サスケ達が樹海でとってきた魔物の焼肉をつまみに、町で買ってきたエールを飲む。

宴会の一番の目的は、種族の強みを聞いておくことだった。

一緒に戦う上で、とても大事になるポイントだ。

自己申告や他種族を含めてみんなから色々聞いてみたところ、それぞれこんな感じだった。

小鬼族《ゴブリン》は、道具やスキルを使った攻撃が得意で素早さが高い。個体数は約二百体。

大鬼族《オーガ》は怪力やスキルを使った攻撃が得意で打たれ強い。個体数は約百体。

森狼《フォレストウルフ》は牙や爪、スキルを使った攻撃が得意。素早さが非常に高い。個体数は約五十体。

豚人族《オーク》は武器や盾を使ったバランスの良い戦い方が得意。力が強く、非常に打たれ強い。個体数は約百体。

妖精族《フェアリー》は魔法で戦うのが得意。ステータス上昇の能力上昇《バフ》スキルも使用できる。個体数は約五十体。

樹人族《トレント》はスキルを使った攻撃が得意。耐性上昇の能力上昇《バフ》スキルや回復魔法も使用できる。個体数は約百体。

能力上昇《バフ》持ちがいるのは、地味に嬉しい。

ちょっと回復役《ヒーラー》が少ないけど、そこは馬人族《ウェアホース》の回復部隊がカバーできる。

それに、小鬼族《ゴブリン》に回復アイテムを持たせて、戦場を駆け回ってもらうのも良さそうだ。

僕は戦いのプロじゃないから、作戦なんてまともに立てられない。

ただ、バランスが良い戦い方は分かる気がする。

壁役《タンク》・攻撃役《アタッカー》・回復役《ヒーラー》・補助役《バッファー》が協力して戦う形だ。完全にゲームの知識だけど。

まっ、戦い方とかは相手の出方を待って考えよう。

◆

翌日、樹海の住民も訓練に参加したいと言うから許可した。

みんなやる気があって素晴らしい。それだけ屍術王《ネクロマスター》に勝ちたいという思いが強いのだろう。

少し見ていたら、デメテルが樹海の住民達に模擬戦のルールを教えたり、困りごとの相談を受けたりしていた。彼女はとても気が利くし、リーダーシップもあって頼りになる。

さて、僕は手が空いたし武器の準備でもしようかな。

せっかく真銀《ミスリル》もゲットしたし。

本当は武器屋に真銀《ミスリル》製品の製作を頼みたいところだけど、今から作ってもらうとしたら、かなり時間がかかる。

屍術王《ネクロマスター》との戦いには間に合わないから、僕がなんとかするしかない。

【収納】から真銀《ミスリル》の結晶を取り出した。

僕愛用の剣を見本にしながら、【武器創造《クリエイトウェポン》】で結晶を変形して、剣を作ってみる。

……一応できたな。形状は似ている。【鑑定】してみるか。

〔真銀《ミスリル》製の長剣《ロングソード》。攻撃力＋１００。等級：希少《レア》。スキルで製作された鈍刀《なまくらがたな》。非常に軽いが、切れ味は悪い。製作者はジン。素材の原産地は樹海中央部〕

なんか酷い……

切れない剣なんて、棍棒と変わらないじゃん。性能も僕が使っている剣の半分以下だ。

まあいいか。アンデッドはどうせ斬っても倒せないんだし。

そのまま作業を繰り返し、とりあえず十本作った。

形がそれぞれ微妙に違う気がする……

〔【武器創造《クリエイトウェポン》】がLv3になりました〕

良いねぇ。スキルレベル上昇のアナウンスだ。

続けてどんどん作っていくと、形状が一層元の剣に近くなり、性能も上がってきたようだ。

そのままなんとか全部で百本作り上げた。二時間くらいかかったよ。

こんなルーチンワークをこなせるなんて、社畜の経験が活きているに違いない。

真銀《ミスリル》はこれで全部だから、武器製作はおしまい。

お次は【魔法付与《マジックエンチャント》】だ。

あらゆる武器に聖属性の魔法をかけて、敵のアンデッド軍に嫌がらせをしてやろう。

とりあえず、真銀《ミスリル》の剣は馬人族《ウェアホース》に渡して、樹海の住民には山のように持っている鉄の剣を渡すことにする。

【魔法付与《マジックエンチャント》】を試してみると、真銀《ミスリル》の剣に【聖浄光《ホーリーライト》】をかけることはできたが、鉄の剣にかけると壊れてしまった。

前者の等級は希少《レア》だが、後者の等級は普通《コモン》だったので、その違いだろうと推測している。つまり、希少《レア》なら中級魔法にまで耐えられるが、普通《コモン》は初級魔法が限界ということだ。

これに注意して、どんどん武器に魔法をかけていく。

さすがに一本一本作業するのは面倒なので、一気にかけようと試したけど、上手くいかない。スキルの性能的に無理なんだろう。

仕方ないので、ひたすら根性で真銀《ミスリル》の剣百本に魔法をかけた。

【魔法付与《マジックエンチャント》】がLv3になりました】

おお！　これで一気に魔法がかけられたりして？

試してみると、本当にできた。嬉しすぎる。

鉄の剣は五百本あるし、一本一本やっていたら徹夜になるところだった。

新しい能力をフル活用して、僕は鉄の剣に【小回復《ヒール》】をかけまくった。

なんか楽しくなってきて、勢いでこの前買ってきた盾にも【小回復《ヒール》】をかけた。

小型が五十枚で大型が三十枚の、計八十枚だ。

壁役《タンク》が一番ダメージを受けやすいから、意外と良いかもしれない。

訓練が終わってから、デメテルやサスケ達の武器と、僕のアンデッド兵の武器にも【魔法付与《マジックエンチャント》】してておいた。

その作業が一段落すると、サスケが僕のそばに現れた。

「ジン様。屍術王《ネクロマスター》が動き出しました」

ついにか。もう少し後かと思ったけど、動きが早いな。

「敵の勢力はどうなっている？」

「小鬼族《ゴブリン》・大鬼族《オーガ》・森狼《フォレストウルフ》・豚人族《オーク》・樹人族《トレント》のアンデッドが千体に加え、樹海に住む魔物のアンデッドが千体、合計二千体が敵のアジトを出発しました」

樹海の生物をアンデッド化して作り上げた部隊か。随分悪趣味だな。

「また、その軍を指揮している死霊の賢者《リッチ》らしき魔物と、屍人騎士《ゾンビナイト》十体の姿も確認しております」

「そっか。すでに凄い数だけど、それで全部じゃないんだよね？」

「はっ。まだまだアジトに戦力を隠しているかと」

「敵がこっちに来るまで、どのぐらいかかりそう？」

「このままの速度で進んだ場合、明日の昼頃には到着します」

まだ少し準備の時間はあるな。

「ありがとう。また何か分かったら教えてくれ！」

「はっ！」

返事をすると、サスケはまた姿を消した。

今回も敵の数は多いから、魔法陣を使った罠を仕掛けてみるか。

前回は小細工をして罠に誘い込もうとしたけど、上手くいかなかった。

今回は堂々と敵軍の通り道に設置するのがいいかも。アンデッドが相手なら、逆にそっちの方が罠にかけやすい気がする。

それ以外は、敵の全容が分かってから作戦を立てよう。

その後、僕は【転移《トランスファー》】で敵の進路になると思われる場所に移動し、魔法陣を描いて、土をかぶせておいた。

どでかい魔法陣を計十個だ。

武器を強化したり、仲間が増えたり、訓練で成長したりと、こっちの戦力は前回よりも上がっているはず。あとは戦ってからのお楽しみだな。

◆

翌日、仲間達に【魔法付与《マジックエンチャント》】した装備を配る。

馬人族《ウェアホース》にはなんちゃって真銀《ミスリル》の剣を、小鬼族《ゴブリン》・大鬼族《オーガ》・豚人族《オーク》には鉄の剣だ。

豚人族《オーク》は盾を使うのが得意らしいので、それも配る。余った盾は馬人族《ウェアホース》に渡しておいた。

「こ、この真銀《ミスリル》の剣は、いったいどうされたのです……？」

デメテルが訝しげな顔で僕に聞く。

「樹海で真銀《ミスリル》を見つけたから、僕が作ったんだ……ちょっと格好悪いかな？」

「……え？　そ、そういえばジン様は以前、ご自分で武器を作られていましたね……それはそれで驚きですが、真銀《ミスリル》はいったいどこから入手したのです？」

「ここから南に行った崖下の洞窟だよ」

デメテルがきょとんとした顔になる。

「それは、竜のゆりかご《クレードルオブドラゴン》の真銀鉱窟《ミスリルこうくつ》？　いや、まさか……あの場所は瘴気に包まれていて、誰も近づけないはず……」

「そんな名前なんだ、あそこ。真っ黒な沼は浄化したから、今は瘴気が消えているよ？」

「なんと⁉　で、では鉱窟のボス、女王蜘蛛《クイーンスパイダー》はどうされたのです……？」

「そっちはアヌビスが倒していた。あのデカいクモ、ボスだったのか。そんなやつを倒すなんて、やっぱりアヌビスは天才だなぁ！」

「ガウッ！」

誇らしげな顔のアヌビスをわしゃわしゃ撫でる。

もふもふが相変わらず気持ちいい。

「私の知らぬ間にそんなことがあったのですね……」

なんかデメテルが疲れた顔しているな。

一方、話を聞いていたマリナは、何か思い出したらしく、ソフィアに耳打ちする。

「お、おいソフィア。たしか瘴気沼の浄化ってSランク依頼だったよな……？」

「そうよ。まさかジン様が解決していたなんて……ギルドに報告したら、すぐにでもSランクになれるのでは……？」

「それよりも、私達で真銀《ミスリル》を独占すれば大儲《おおもう》けできる」

エヴァの呟きに、他の二人が瞳を輝かせる。

「「おおっ⁉」」

従者達がおかしな話でキャッキャ盛り上がっているけど、今はそれどころじゃないよ？

◆

しばらくして、サスケがスッと僕の隣に現れた。

敵の第一部隊はあと三十分程度で魔法陣の罠に到着するらしい。ついに戦いが始まる。

敵の第二部隊もアジトを出発したらしい。

そっちの兵は純粋なアンデッドで構成されており、骸骨騎士《スケルトンナイト》・死霊《レイス》・屍鬼《グール》といったBランクの魔物に加え、首無し騎兵《デュラハン》や骸骨将軍《スケルトンジェネラル》という、Aランク以上の魔物もいるらしい。

そしてなんと、兵の数は一万を超えるという。

「どこにそれだけの兵を隠していたんだよ……」

こっちのアンデッド兵は三千いるけど、屍人将軍《ゾンビジェネラル》と屍人騎士《ゾンビナイト》を除けばCランク以下だ。

戦力差がありすぎる……

とは言っても、今から何か対策が打てるわけじゃない。

できることはやったし、ジタバタしても仕方がない。

敵の全容が見えてきたので、代表者に集まってもらい、作戦を話し合う。

まあ、作戦といっても、事前に考えていた役割分担を伝えるだけだ。

まず敵の攻撃を受け止める壁役《タンク》を、豚人族《オーク》が担当する。

豚人族《オーク》を壁にしながら敵に攻撃を加える攻撃役《アタッカー》は、馬人族《ウェアホース》の剣部隊・大鬼族《オーガ》・森狼《フォレストウルフ》が担当する。

回復役《ヒーラー》は、馬人族《ウェアホース》の魔法部隊と小鬼族《ゴブリン》が担当する。

前者はもちろん回復魔法で、後者は機動力を生かして戦場を飛び回り、回復薬で仲間の傷を癒《いや》す予定だ。

補助役《バッファー》は妖精族《フェアリー》と樹人族《トレント》が担当する。

そして離れた場所から馬人族《ウェアホース》の弓部隊が矢で攻撃を仕掛ける。

樹海の住民の役割は、基本的にこんな具合だ。

最後に質問や意見がないか、みんなに聞いてみた。

すると小鬼族《ゴブリン》の代表から、ゾンビ化しているとはいえ、昔の仲間と戦うのが辛いという意見があった。

他の種族も同意見のようだ。

確かにそうだよな……もし自分の家族が屍人《ゾンビ》になって襲いかかってきたとしたら、僕は敵と見做して戦えるだろうか。

多分無理だ。でも自分は死にたくないから、とりあえず逃げる。

逃げて問題を先送りすることしかできない気がする。

もう相手を元に戻すのは無理だし、戦うしかないのも分かっている。

だとしても簡単に割り切れないのが、人間ってものだ。それは魔物も同じなんだろう。

もしかすると屍術王《ネクロマスター》は、こちらが怯むだろうと予測して、わざと第一部隊に樹海の住民のアンデッドを入れているのかもしれない。

そうだとしたら、やつの狙い通りにさせるのはまずいな。

「見損なったぞ、貴様ら」

僕の横で小鬼族《ゴブリン》の話を静かに聞いていたサスケが、そう言って大きなため息を吐いた。

「もし貴様らの身内がジン様を襲ったとしても、指を咥えて見ているだけというわけか。ジン様の仲間になりたいという覚悟がその程度だったとは、笑わせる」

サスケは非難の言葉を口にする。樹海の住民の考えが気に入らないらしい。

それに対し、大鬼族《オーガ》の代表が反論する。

「チ、チガウッ！　ジン様はオレタチの救い主様！　たとえ昔の仲間だろうと、そんなことは許さネエ！」

「ふむ……では、ジン様以外が襲われたらどうする？」

「ソ、ソレは、分からナイ……」

「……やはりな。だから貴様らの覚悟はその程度かと言ったのだ」

サスケは大鬼族《オーガ》の代表を鋭い目つきで睨みつける。

「先ほどジン様がお話しになった作戦を聞いただろう？　あの作戦はお互いが命を預けて初めて成功するものであり、そのようなことは仲間同士でなければ不可能。つまり、ジン様はもう貴様らを信頼できる仲間だとお考えなのだ。にもかかわらず、貴様ら自身がその想いを無下《むげ》にするとは、いったいどういうつもりだ！」

ええ!?　僕が考えた作戦なんて、ゲームの知識をもとになんとなく役回りを割り振っただけなんですけど!? 深い意味なんて全くなかったんですけど!?

でも、確かにお互いの信頼がないと、そもそも一緒に戦うなんて無理だな……

体のでかい大鬼族《オーガ》はしょんぼりして小さくなっている。

「わ、私はやりますよ」

次に口を開いたのは豚人族《オーク》の代表だ。

「デメテル殿からジン様のお人柄は伺っております。私達豚人族《オーク》は、ジン様のお気持ちに応えるため、どんな敵が来ようとも、壁役《タンク》として仲間全員を守ってみせましょう!」

そういえば、豚人族《オーク》と馬人族《ウェアホース》は元々交流があったんだよな。

この前デメテルと村で親しげに話しているのを見た。

それはそうと、僕のお気持ちってどんな気持ち?

デメテル、おかしな説明をしているんじゃないだろうな……?

「オ、オレタチもやるぞ! もし昔の仲間が攻めてきても、オレタチは退かない!」

豚人族《オーク》の話に触発されたのか、大鬼族《オーガ》も力強くそう宣言した。

「皆様のサポートはワタクシ達にお任せを!」

今度は樹人族《トレント》の代表だ。こちらも強い意志を感じる表情だ。

そして、小鬼族《ゴブリン》・森狼《フォレストウルフ》・妖精族《フェアリー》まで、似たような宣言をしだした。

みんな僕の目を見ながら、前のめりで。

……いつの間にか僕へのアピール合戦みたいになってないか?

彼らに火をつけたサスケはというと、なんか満足そうに頷いている。

代表達の気持ちは嬉しいけど、僕としては無理してほしくない。

「みんな、もし戦うのが難しいようなら、別の種族に代わってもらうのもありだからね？」

作戦が破綻《はたん》しそうな気もするけど、上手く立ち回れば、なんとかなるかもしれない。

「ジン様、問題ございません。むしろ我ら自身の手で葬《ほうむ》ってやる方が同胞も喜ぶでしょう。ジン様の忠実なる配下……いやまだでしたか。忠実な仲間として、我ら小鬼族《ゴブリン》、必ずお役に立ってみせますぞ！」

気合い十分って感じだな。ただ、「忠実な仲間」って言葉は初めて聞いた。

……とにかく士気は高まったな。これでこちらが怯むことはなさそうだ。

彼らを第一部隊にしても問題ないだろう。

そして、その部隊を率いる人物は決めてある。

「デメテル。樹海の住民であり、強い戦士でもある君に、第一部隊の指揮を頼みたい」

「わ、私で良いのですか!?」

「もちろん。むしろデメテルしか適任はいないよ！」

「……ではその任、謹んでお引き受けしますわ！」

そう応えると、デメテルは膝をついて臣下の礼をとった。

敵の第一部隊が二千に対して、こちらの第一部隊は約七百。

戦力としては不利だが、なんとか頑張ってもらうしかない。

後続には一万の敵が待ち構えているからな。

第一部隊はこれでよし。

次は第二部隊だが、こちらの兵は屍人将軍《ゾンビジェネラル》と屍人騎士《ゾンビナイト》をはじめとしたアンデッド兵だ。

兵の全員が攻撃役《アタッカー》だから、バランスもクソもない。

力でねじ伏せるのみだ。指揮は僕が担当する。

最後に鼠人族《ウェアラット》には戦場の情報収集と全軍のサポートを任せる。

「早速僕達も進軍しよう！」

「「はっ!!」」


僕が罠を仕掛けた場所を挟んで、こちらの軍と敵軍は向かい合った。

とはいえ、敵軍は止まることなく進軍してくる。

ついに罠に乗った敵を察知した。

【鑑定】でゾンビ化進行中の者が交じっていないのを確認し、魔法陣を起動する。

魔法陣から発生した【聖浄光《ホーリーライト》】の光が敵を照らすと、アンデッドはことごとく消滅した。

しかし魔法が発動した瞬間、ボンッ！　と小規模な爆発が起きる。

爆発の煙が消えると、先ほどの魔法陣が破壊されていた。

やはり罠への対策をしてきたらしい。魔法に反応する爆弾みたいなアイテムか？

仲間を犠牲にして魔法陣を破壊するとは、やはり屍術王《ネクロマスター》はクズだな。

他の魔法陣も発動しては破壊されるを繰り返し、罠は全てなくなった。

「ここからが本当の戦いだ。デメテル、よろしく頼むよ！」

「お任せください。進軍の前に、妖精族《フェアリー》の皆さん、お願いしますわ！」

デメテルが指示を出すと、妖精族《フェアリー》が第一部隊の頭上を舞うように飛びはじめた。

すると上空に無数の光のヴェールが現れ、ふわりふわりと兵に降りかかる。

ヴェールに触れた兵の体が淡《あわ》く発光していく。

「おおっ！」

「妖精族《フェアリー》の種族《スピーシーズ》スキル【光《ひかり》の祝福《しゅくふく》】ですわ。効果は全ステータスの上昇です」

厳かで幻想的な雰囲気に感動していたら、デメテルが今起きていることを説明してくれた。

……あ、よく見ると妖精族《フェアリー》の代表も全力で踊っている。

見た目的には小さいおっさんだから、なかなかシュールだ……

申し訳ないが、そっちは見ないようにして、この雰囲気を楽しもう。

「次は樹人族《トレント》の皆さんの番ですわ！」

樹人族《トレント》はデメテルの指示に頷くと、胸の前で合掌し、何やら念じはじめた。

すると、彼らの正面から力強い風がびゅうと吹き出し、兵の間を駆け抜けていく。

その風は少し離れた僕のところまで届き、若葉の香りを運んでくる。それがなんとも爽《さわ》やかで心地いい。

そして今度は兵達の体が薄い緑色に発光している。

「こちらは樹人族《トレント》の種族《スピーシーズ》スキル【新緑《しんりょく》の風《かぜ》】ですわ。効果は全耐性の上昇です」

「どっちもなかなか強力な能力上昇《バフ》だね」

「ええ。この力で戦うのが待ち遠しいですわ！」

弾けるような笑顔でデメテルが応える。

……いつの間にか、デメテルがごりごりの武闘派になっている。

「では皆さん、出陣ですわ！」

「「「おう!!」」」

彼女の号令に合わせて、第一部隊が動き出した。

早速前衛の豚人族《オーク》が敵とぶつかり合う。

今回敵のアンデッド兵に下された命令は「馬人族《ウェアホース》の村を滅ぼせ」ではないらしい。明らかに正面の豚人族《オーク》を敵とみなして、攻撃を仕掛けてきている。

さすがに前回と同じ過ちは繰り返さないか。

ただ、相変わらず連携というものがない。無闇《むやみ》に武器を振り回すだけだ。それだけでも十分脅威なのだが。

豚人族《オーク》はそんな敵の猛攻を大盾で食い止めていた。

また【物理障壁《フォースバリア》】や耐性系のスキルも併用し、盾をすり抜けた攻撃もガードしている。

豚人族《オーク》の背後からは、大鬼族《オーガ》が敵の前衛に攻撃を加えている。

その腕力は凄まじく、殴りつければ二、三体の敵を軽々と吹き飛ばしてしまう。

森狼《フォレストウルフ》は高い機動力を活かし、ヒットアンドアウェイ戦法で敵のヘイトを集めて撹乱《かくらん》している。

それによってできた隙を逃さず、馬人族《ウェアホース》の剣部隊が敵を斬り倒していく。

馬人族《ウェアホース》と小鬼族《ゴブリン》の回復部隊も、上手く機能しているようだ。敵の攻撃を受ける者もいるが、彼らがタイミングよく魔法やアイテムで回復しているので、死者は出ていない。

敵兵の中にいる完全にゾンビ化していない者は、妖精族《フェアリー》と樹人族《トレント》のスキルで着々と捕縛《ほばく》していっている。

馬人族《ウェアホース》の弓部隊は、後方から敵に矢の雨を降らせる。

【小回復《ヒール》】がかかった矢に撃ち抜かれ、敵は次々と崩れ落ちていく。

今のところ優勢に戦いを進められているようだ。

即席部隊の割には、相手よりも確実に連携が取れている。

兵の中でも特に馬人族《ウェアホース》の活躍が目立っている。最も敵を倒し、最も味方を救っているのは彼らだ。

さすが獣人族のエリートと言うだけある。それに、ここ数日死に物狂いで訓練していたのも間近で見てきた。才能だけではなく、努力の賜物《たまもの》だ。

戦力差が大きいと思っていたけど、ひとまず安心だな。このまま敵の数を減らすことができれば、勝利が見えてくる。

それから少しして、偵察に出ていたサスケが僕の前に現れた。

「ジン様、敵の第二部隊が接近しています」

もう来たか。第一部隊と合流されると厄介だな。

近くで待機していた屍人将軍《ゾンビジェネラル》と屍人騎士《ゾンビナイト》二体に指示を出す。

「やつらを殲滅せよ」

彼らは同時に頷くと、全軍で突撃を開始した。

細かい指示はないが、それでいい。

なぜなら彼らには高い知性があり、自ら考えて行動してくれるからだ。

前回の戦いでも兵同士で上手く連携して戦ってくれたし、訓練の時もそうだった。

多分元は優秀な戦士達だったんじゃないかな。

それが不死者の杖の能力で本来の力を発揮できている気がする。

屍粉《ゾンビパウダー》に支配されているだけのアンデッドとは一味違うのだ。

まあ、なんにせよ、僕みたいな素人《しろうと》が考えなくていいのが助かる。

デメテルへの連絡はサスケに任せ、僕も第二部隊の後を追った。

ズドドドドドドドドドォーーーーーーン!!

轟音《ごうおん》が戦場に鳴り響く。その原因は屍人将軍《ゾンビジェネラル》だった。

空高く飛び上がった屍人将軍《ゾンビジェネラル》は、敵の八割以上を占める骸骨騎士《スケルトンナイト》や屍鬼《グール》に対して、無数に乱れ飛ぶ斬撃を放った。

直撃を受けた者は体が真っ二つに切り裂かれていく。

……な、なんだあの技？　斬撃の乱れ打ち……？

対して屍人騎士《ゾンビナイト》は、敵陣を疾風《しっぷう》の如く駆け抜ける。

すると、運悪く通り道にいたアンデッドが次々に切り裂かれていく。

……え？　速すぎて剣の閃きしか見えない。抜刀術か……？

屍人将軍《ゾンビジェネラル》と屍人騎士《ゾンビナイト》って、あんな技使えたっけ？

いや、そんなはずない。明らかに新技を使っているし、以前は使えなかった【身体強化】まで発動している。

「サスケ、なんかあいつら、強くなってない……？」

「はっ。馬人族《ウェアホース》や鼠人族《ウェアラット》との訓練でやつらも成長したようですね。まあ、ジン様の配下ならば、常に研鑽《けんさん》を積むことなど当然ですが」

涼《すず》しい顔でサスケが答えた。

……想定外だ。彼らも成長するのか。

「ここまで見越してあの訓練を計画されるとは、さすがジン様ですね！」

うん、違う。なぜそうなる？

アンデッドはすぐに復活するから便利だと思っただけで、それ以外の思惑《おもわく》など皆無《かいむ》だ。

他のアンデッド兵達も明らかに格上のはずの相手に善戦している。

連携力もさることながら、個々の実力が上がっているのだ。

……一万対三千だけど、僕の出番なしでいけるんじゃないか？

しばらくして、敵陣の後方から燃え盛る火球が次々とこちらに飛んできた。

屍人《ゾンビ》や骸骨《スケルトン》に着弾すると、彼らの全身が燃え上がり、バタバタと音を立てて崩れ落ちていく。

死霊《レイス》が放った炎魔法だ。やつらも参戦したらしい。

これはさすがにまずいか？　アンデッドでも炎魔法はダメージを受けてしまう。

まだ復活できる程度のダメージだが、完全に消滅させられたらそれも不可能になる。

そろそろ僕の出番か……と、タイミングを窺っていると、屍人将軍《ゾンビジェネラル》と屍人騎士《ゾンビナイト》が兵の前に立った。

様々な場所から飛んでくる火球を剣で斬り、体で受け止めて、後方にいる兵を守っている。

そんなことをしたら彼らもやばいんじゃないかと思ったが、【魔法障壁《マジックバリア》】でガードしているので、問題ないようだ。

そして屍人将軍《ゾンビジェネラル》はお返しと言わんばかりに、死霊《レイス》へ【十字斬《クロススラッシュ》】を放った。

すると、五十体程度の死霊《レイス》が一気に霧散《むさん》した。

お次はAランクの魔物、首無し騎兵《デュラハン》と骸骨将軍《スケルトンジェネラル》が攻め込んできた。

どちらも漆黒の重鎧に身を包み、体格はそこらの兵より二回り大きい。

ランク的に屍人将軍《ゾンビジェネラル》ならば勝てるだろうが、屍人騎士《ゾンビナイト》には格上の相手。さすがに厳しいはずだ。

しかし、片方の屍人騎士《ゾンビナイト》は居合のように剣を閃かせて、首無し騎兵《デュラハン》が乗る騎馬の首を刎《は》ね飛《と》ばし、相手が脇に抱える頭を突きで串刺しにした。

もう片方の屍人騎士《ゾンビナイト》は、骸骨将軍《スケルトンジェネラル》の重鎧を上段から振り下ろした剣でバターのように切り裂き、敵の体を真っ二つにしてしまった。

おかしい。意味が分からない。

もしかして、敵が思ったよりも弱いのか……？

「ほう。Ａランクの魔物をこれほど簡単に葬り去るとは、素晴らしい。夜な夜な屍人《ゾンビ》同士で何をやっているのかと思ったら、互いに腕を磨いていたというわけか」

「え……そうなの？」

「はっ。まあ、夜中の訓練など、ジン様の配下ならば当然ですが」

当然じゃねー！　どこのブラック企業だよ！

サスケがおかしいのは知っていたけど、アンデッド達もなんかおかしいぞ⁉

断じて僕はそんなことを命令していない。

も、もしかして、僕の社畜魂がみんなに伝染してしまったのか……？

……今回はそれに助けられているから、ひとまずよしとしよう。

だが、早急な意識改革が必要だ。

訓練や仕事は定時で終わりにしなければならない。定時上がり万歳だ。

それに、みんながあんまり頑張っていると、自分も頑張らなきゃいけない気がしてくる。

僕としては、異世界は頑張るところじゃなくて楽しむところなのだ。

そんなわけで、こっちの兵は一割程度やられたが、相手の兵はそれ以上に減っている。

状況は優勢。このまま戦いが進めば勝てるはず。

そういえば、デメテル達の方はどうだろう。ちょっとサスケに確認してもらうか。

◆

時は少し遡《さかのぼ》り、第一部隊の戦場では、デメテルが指揮を執《と》っていた。

敵陣には、こちらの兵の同胞だった者がいる。ただ、屍人《ゾンビ》ゆえに腐敗が進み、辛うじてそうだと認識できる程度らしい。

樹海の住民はそんな相手を倒さなければならない。仲間殺しを強《し》いるとは、あまりにも酷い話だ。

だがすでに敵兵の数は半減している。これまで新しい仲間同士で助け合い、相手に怯むことなく、互角以上の戦いを繰り広げてきた。

デメテルはそんな彼らの戦いぶりに感銘《かんめい》を受けていた。

「皆さん、なんて強いのでしょう」

今すぐにでも、仲間全員に心からの称賛をおくりたい。

そんな気持ちに駆られながらも、彼女は敬意を込めた言葉を呟くだけに留めた。

戦いはまだ終わっていない。いや、むしろこれからと言ってもいいくらいだろう。

敵部隊の最大戦力と思われる屍人騎士《ゾンビナイト》が十体と、その中心にいる一人の女性がついに動き出したのだ。

屍人騎士《ゾンビナイト》達は一斉に、凄まじい速度で自陣を駆け抜ける。

そして壁役《タンク》の豚人族《オーク》に迫ると【死突《デススタブ》】を放った。

鋭い突きは大盾を軽々と貫通し、【物理防御】さえも破壊する。

「うぐぅ！」

「ぐはあっ！」

あちこちから苦痛に喘《あえ》ぐ声が聞こえてくる。

ある者は肩を貫かれたが、それでも戦線を維持しようとしている。

別の者は胸を貫かれ、瀕死《ひんし》の状態で地面に伏していた。

すると間髪容れずに、空から巨大な螺旋状《らせんじょう》の炎が戦場の真ん中に降り注いだ。

「「「ぎゃあああぁぁぁあああ‼」」」

とてつもない高温がその場を支配し、敵も味方も一様に焼き尽くさんとする。

一瞬の出来事に理解が追いつかず、デメテルは呆然としていた。

「デメテル様！　ご指示を！」

ソフィアの声で我に返った彼女は、今起きたことを急いで整理する。

屍人騎士《ゾンビナイト》の強さは凄まじく、豚人族《オーク》を容易く傷つけた。

しかしその攻撃さえも、どうやら陽動だったらしい。

誰一人として空から降ってきた炎に気づかず、避けられた者はいなかった。

「あ、あの炎は、いったい……？」

「多分、上級魔法」

デメテルの疑問に、エヴァが最悪とも言える答えを告げた。

上級魔法――長い年月研鑽を積んだ者のみが習得できるという大魔法。

敵軍に死霊《リッチ》の賢者がいるとは聞いていたし、あの女性がそうだろうと確認していた。

ただ、まさか上級魔法の使い手だったとは……

樹人族《トレント》のスキルで炎耐性が上がっていたから、みんな酷い火傷を負っているものの、死者は出ていないようだ。

しかし、もう一度同じ魔法を撃たれれば、ひとたまりもないだろう。

まともに受けてしまえば、デメテルでも生き残れる自信はない。

彼女の背中に冷や汗が流れる。

しかし、すぐに気持ちを切り替えると、彼女は三人の従者に指示を出す。

「みんな、行くわよ！」

「「「はっ‼」」」

四人は一斉に走り出した。

これ以上大魔法を撃たせないためには、あの死霊の賢者《リッチ》を倒すしかない。

相手に辿り着く最短の道は戦場の中だった。自陣を越え、敵陣に入り込む。

襲いかかる敵は斬り倒し、矢を撃ち込み、聖魔法で沈めていく。

しばらくは順調に進めたが、巨大なクマ型の魔物が行く手を阻んだ。

Bランクの魔物、月熊《ムーンベア》だ。

普段のデメテル達なら避ける相手だが、今は倒すしか文字通り道がない。

戦闘を想定し、立ち止まろうとしたその時……月熊《ムーンベア》の首がずるりと落ちた。

脳から筋肉への信号が途切れ、立つ意思を失った体は、前のめりに倒れた。

するとその背後から、見覚えのある顔が現れた。

「デメちー、こいつは殺《や》っといたよぉ！」

「ちょっとアヤメ、相手は馬人族《ウェアホース》の長なのよ？　馴《な》れ馴《な》れしすぎるわ！」

こちらに向かって手を振るアヤメに、チヨメが憎たらしげな表情で注意する。

ここがまるで戦場とは思えないような緊張感のなさだ。

デメテル達が速度を落とさずに走り続けると、チヨメとアヤメも並走してくる。

「ふふっ、いいんですよ、チヨメさん」

怒るチヨメに対し、デメテルがいつもの如くなだめる。

彼女はこのやりとりをもう何度も経験していた。

たまに訓練に参加する二人とは、女性同士ということもあってか、すぐに打ち解けた。

ジンという共通の主《あるじ》がおり、話のネタが尽きないのも、要因の一つかもしれない。

チヨメは真面目で堅い優等生タイプだが、アヤメはノリが良くて明るい。デメテルにとって、二人との会話は新鮮だった。

一方で、二人の強さには驚愕以外なかった。

冒険者ランクで言えばBランクを超え、Aランクに迫る実力の持ち主だ。

いや、もしかするとそれ以上なのかもしれない。

そんな彼女達を尊敬し、デメテルは教えを乞うことも少なくなかった。

「助太刀《すけだち》ありがとうございます。お二人とも、ジン様のところへ行かれたのかと思っていましたわ」

「ええ、そうしたい気持ちは山々なのですが、ジン様からの指示で、デメテル殿のサポートを任されているのです」

「ちょっと過保護だよねぇ、ジン様。デメちは結構強いのにさぁ」

「ジン様にはジン様の尊《とうと》いお考えがあるのよ。ただ、確かにデメテル殿は強いわね」

「そ、そうでしょうか？　ありがとうございます」

少し気恥ずかしい気持ちもあるが、二人からの評価は素直に嬉しい。

「でー、これからどぉする？　あの化け物女を全員で殺《や》りにいくぅ？」

アヤメが言う化け物女とは、もちろん死霊《リッチ》の賢者のことだ。

化け物という表現は、正体が魔物だからということに加えて、その実力を評してのことでもあるのだろう。

デメテルとしても、二人についてきてもらえるのは心強い。しかし、敵はあの女だけではない。

十体の屍人騎士《ゾンビナイト》が今も戦場で暴れ回っているのだ。

「デメテル様、お二人には屍人騎士《ゾンビナイト》の相手を頼むべきかと」

マリナの意見に、ソフィアとエヴァが頷いて同意を示す。

「賛成です。死霊《リッチ》の賢者は我々の力でなんとかしましょう」

「うん。あんなやつ、瞬殺」

従者達の力強い言葉に後押しされ、デメテルは決断する。

「ええ、そうね。チヨメさん、アヤメさん、屍人騎士《ゾンビナイト》の方をお願いできますでしょうか？」

「いいでしょう。私達には少々役不足ですが」

「デメちのお願いだから特別だよぉ？」

その言葉を残して二人はスッと姿を消した。

デメテル達は速度を落とすことなく、ついに死霊の賢者《リッチ》と思われる女性のもとまで辿り着いた。

「随分遅かったわね、馬人族《ウェアホース》のお嬢さん方？」

声をかけられたデメテルは、首を捻る。

……あれが死霊の賢者《リッチ》？　まるでアンデッドらしさがないではないか。

白衣を着て眼鏡をかけた外見は、研究者然としている。

年は二十代後半～三十代前半といったところ。顔は色白で目は黒く、口元には微笑が浮かんでいる。美しい普人の女性にしか見えない。

しかし、全身からうっすら立ち上る魔素が、辛うじて魔物であることを証明している。

「あなたが死霊の賢者《リッチ》ですか？」

「……なぜ分かったのかしら？　私の変身は完璧なはず」

隠すつもりはないのか、正体が見破られたにもかかわらず、まるで焦る様子がない。

むしろ興味深そうにこちらを観察している。

「そういえば、そちらには優秀な密偵がいたわね」

死霊の賢者《リッチ》は一人納得した様子で頷く。

確かに、普通なら彼女をアンデッドだと見抜ける者はいないだろう。サスケ達の諜報技術があってこそと言える。

「私はデスピナ。屍術王《ネクロマスター》ラザロス様の側近の一人よ。あなたは？」

「馬人族《ウェアホース》の長であり、ジン様の側近を務めるデメテルと申しますわ」

相手が口にした側近という言葉に、なぜか対抗心が芽生《めば》えたデメテルは、自分もジンの側近と口走ってしまった。ジン本人から認められているわけではないが、自称するのは問題ないだろう。いずれ本当の側近になればよいのだ。

「ジン、ね。それがあのアンデッドの名なの。さて、そちらは四人で、こちらは一人。さすがに分が悪いわね」

デスピナはそう言うと、【収納】から何かを取り出した。

直径五センチ程度のガラス玉で、中には透明な液体が詰まっている。

その玉はデスピナの手から転がり落ちると、パリンと地面で砕けた。

すると、小さな爆発音と共に、白煙が辺り一面に広がった。

「デメテル様、ご注意を！」

近くでマリナの声が聞こえるが、濃い煙で顔が見えない。

どうやら先ほどのガラス玉は、こうして視界を悪くするための魔道具だったらしい。

相手の出方を窺うが、デスピナが近づいてくる様子は感じられない。

しばらくして煙が晴れると、異形《いぎょう》のアンデッド三体がデスピナ達を取り囲んでいた。

「今の煙はただの目眩《めくらま》しだから、安心していいわ。彼らを作るために時間を稼いだだけよ」

……作るということは、合成屍《キメラ》か。

デメテルには、その異形のアンデッドに見覚えがあった。以前アルバスという死霊の賢者《リッチ》が作り出したものとそっくりなのだ。

一体はどうやら月熊《ムーンベア》をベースとし、岩蛇《ロックバイパー》・酸蛙《アシッドフロッグ》・鉄蟻《アイアント》といった樹海の魔物が合成されているようだ。

体はクマで頭がカエル、腕はヘビで、体は鉄の鱗《うろこ》に覆われている。

もう一体は樹海の住民の屍人《ゾンビ》を合成したらしい。腐敗が酷くてはっきりと識別できないが、体は大鬼《オーガ》族で頭は豚人《オーク》族、それ以外にも様々な種族のパーツを繋《つな》げているようだ。

最後の一体は、もはや元がなんなのか分からない。腐敗した肉が集まって人型をなした何かだ。

「な、なんということを……」

死者を冒涜《ぼうとく》する穢《けが》らわしい所業……込み上がる怒りを抑え、デメテルは声を絞り出した。

「あら、造形にこだわりがない分、アルバスよりも人道的だと思うけど」

「……ふざけないでください！　なぜここまで酷《むご》いことができるのです⁉」

ついに怒りが頂点に達し、デメテルは意図せず大声で叫んだ。

すると、デスピナの口元から微笑が消える。

「主のためよ。彼のためならなんだってやるわ」

「え……？」

思いがけない答えに、デメテルは驚く。

死霊の賢者《リッチ》に他者を想う心があるなど、想像していなかったからだ。

「私達の邪魔をする者は全て排除するわ」

デスピナの言葉を合図に、三体の合成屍《キメラ》が動き出した。

「デメテル様！　合成屍《キメラ》は我々にお任せを！」

「死霊の賢者《リッチ》をお願い」

「うおぉおおお！」

ソフィアの呼びかけを合図に、エヴァとマリナも駆け出す。

従者達はそれぞれがバラバラに合成屍《キメラ》へと向かっていった。

……どうやら相手にも大事な存在がいるらしい。

だがそれは、デメテルにとっても同じことだ。

今や馬人族《ウェアホース》のためだけでなく、ジンや鼠人族《ウェアラット》、樹海の住民の未来を背負って戦っている。この戦場の指揮は、他の誰でもないデメテルが任された。

あの死霊の賢者《リッチ》を倒し、ジンに勝利を届けることこそが彼女の使命なのだ。

「みんな、そちらは頼みますわ！」

彼女は腰を落とすと、突きの構えを取った。

「行きます！」

地面を強く踏み込み、その力を前方に向けて解き放つ。

瞬間的に加速したデメテルの体は、まるで一条の光の如き速度で相手に向かって突き進む。

「剣士なんて、近づかせなければ赤子同然なのよ。【灼熱壁《フレイムウォール》】」

その言葉が耳に届くと同時に、地面から炎が壁のように噴き出した。

直撃を避けるため、デメテルはその直前で急停止する。

「【火矢《ファイアアロー》】」

それを予測していたかのように、今度は前方から火炎の矢が次々に飛んでくる。

デメテルはその矢を一つ残らず細剣《レイピア》で叩き落とした。

「へえ、少しはできるようね。でもいつまでもつかしら?」

不敵に笑うと、デスピナは嵐の如き魔法の連撃を開始した。その魔法を避けながら近づこうとするデメテルを、今度は別の魔法で妨《さまた》げ、一定の距離をとって近づかせない。

どうやらデスピナは典型的な魔法特化型で、火属性が得意なようだ。

そして、デメテルのことを純粋な剣士タイプだと思っているらしい。

そこに付け入る隙がありそうだ。

デメテルはそう判断すると、瞬時に作戦を立てて実行に移す。

先ほどのように飛んでくる火炎の矢を叩き落とすと、彼女は相手に向かって一直線に走り出した。

それを妨げようと、地面から炎の壁が現れる。

彼女は【身体強化】を発動し、全力で上空へと飛び上がった。

そのまま炎の壁を飛び越えて、落下しながらデスピナへ攻撃を仕掛けようとする。

「もう少し賢い子かと思ったけど、間違いだったようね。これでおしまいよ。【焔鳥《ファイアバード》】！」

デスピナの両手から紅蓮《ぐれん》の巨鳥が飛び立った。

それは、上空から落下してくる無防備な獲物を、その大口で呑み込まんとする。

ボォォォオオオォォォオオオ！

見事巨鳥が獲物を胃に納めると、とてつもない轟音と共に炎が燃え上がった。

そして、火だるまとなった獲物が力なく落下してくる。

「さて、他の馬人族《ウェアホース》も始末して――」

「……まだですわ！」

落下の風圧で獲物から炎が消えると、中から細剣《レイピア》を構えたデメテルが姿を現した。

彼女は炎に焼かれる直前で【魔法障壁《マジックバリア》】を発動し、かつ炎耐性の能力上昇《バフ》がかかった体で、巨鳥の業火《ごうか》を耐え切ったのだ。

「なんですって⁉」

デスピナは驚愕するが、すぐに気を取り直しその場から離れようとする。

「逃しませんわ！　【水弾《ウォーターバレット》】！」

デスピナの背後に生まれた水属性の球体は、弾かれるように前方へ飛び出すと、彼女の背中を直撃する。

「ま、魔法⁉」

【水弾《ウォーターバレット》】は初級魔法であり、デスピナに与えられるダメージはゼロに近い。

しかし魔法の使用は想定外だったらしく、一瞬だけ彼女の動きが止まる。

デメテルはその隙を見逃さなかった。

空中で突きの構えを取ると武技を放つ。

「【死突連撃《しとつれんげき》】！」

高威力の突きが連続で繰り出される。

細剣《レイピア》が相手の喉と胸を正確に貫いた。さらに細剣《レイピア》にかけられた【聖浄光《ホーリーライト》】が発動し、相手の体を焼き尽くそうとする。

「ぐはっ……！」

デスピナの体から白い煙が立ち上った。

デメテル自身も、先ほど受けた炎魔法と落下時の衝撃で、思わぬダメージを受けてしまった。しかし概ね作戦通り。もしこのままデスピナが立ち上がらなければ、だが。

デメテルはそう考えつつ、倒れる彼女の様子を窺う。

しばらくして白い煙が消えると、そこには変身が解けた哀れなアンデッドの姿があった。

「ま、まだよ……」

必死に上体を起こしながら、デスピナは呟く。そしてついに立ち上がった。

「……私は……死ねない。死ねないの！　……ラザロス様は……私が守る！」

強烈な意志の込められた言葉にデメテルは圧倒される。

……なぜ彼女はこうも強いのか。

しかし、自分もここで負けるわけにはいかない。

そう鼓舞しなければ、相手の気迫に押し潰されそうになる。

デスピナは【収納】を開き、再び透明な液体が詰まったガラス玉を取り出すと、すぐさま地面に叩きつけた。

真っ白な煙が一帯を覆い尽くす。一寸先の物体さえも見ることができない。

「な、何をするつもりです……⁉」

デスピナがいる方向から何かぶつぶつと呟く声が聞こえる。

……詠唱？

しばらくして煙が晴れると、なんと上空に螺旋の炎が現れ、みるみる巨大化しているではないか。

「あれは、上級魔法⁉」

先ほどの煙幕は大魔法を詠唱するための時間稼ぎだったらしい。

デメテルは焦る気持ちを抑え、高速で頭を回転させる。

あんなものをまともに受けたら終わりだ。この戦場にいる者全員がひとたまりもない。

デスピナは敵も味方も関係なく、全てを焼き尽くすつもりなのだ。

絶対に止めなくてはならない。

でもどうやって？

デメテルは考える。

……ジンに頼めばなんとかしてくれるのではないか？

そうだ！　彼には転移魔法だってある！

きっとすぐに駆けつけて、いつものように助けてくれるに違いない！

……でも、それでいいのだろうか？　それではジンに守られていた以前の関係に逆戻りではないか。

………ダメだ。それではダメなのだ。

馬人族《ウェアホース》は誇り高き獣人族のエリート種族。ここで引いては仲間に合わせる顔がない。

それに……ここで引いたら……二度とジンの横に立つことができない気がする。

側近だ、配下だ、などと自信を持って言えなくなる気がするのだ。

それは嫌だ。耐えられない。

……やるしかない。あの魔法は自分が止めるしかない。

……私はここで、自分の限界を超える！

デメテルの瞳に強烈な意志の光が宿った。

するとそれに呼応するかのように、服の中にしまった形見のネックレスが光を放った。

その温かい光に照らされると、不思議と勇気が湧いてくる。

それと同時に、いつもよりも力がみなぎる感覚があった。

これならいける……デメテルは確信する。

「私達のぉ……邪魔をしないでぇ！」

デスピナが高く掲げた両腕を振り下ろすと、空に顕現《けんげん》した紅蓮の渦が猛スピードで地面に降りてくる。

その渦は地面にぶつかる直前で九十度方向を変えると、デメテルに向かって突き進む。

デメテルは上体を低くして突きの構えをとった。

「はぁぁぁあああああ‼」

【身体強化】でステータスを底上げし、右手に今ある全ての力を込める。

そして、迫り来る炎の渦に向けて細剣《レイピア》を全力で突き出した。

電光石火の如く打ち出された剣先は、空気を切り裂き、まるで大砲のような衝撃波を生み出す。

その衝撃波は大魔法を霧散させると、その先にいるデスピナの胸部までも貫いた。

「な、なんですって……？」

彼女は小さく呟くと、その場に崩れ落ちた。

「はぁ、はぁ、はぁ……」

デメテルの体力もまた限界に近い。だがデスピナの死を見届けるまで、倒れるわけにはいかない。

細剣《レイピア》を杖にして、一歩一歩デスピナに近づいた。

「私は……負けたのかしら……？」

「ええ、そうですわ」

デスピナの問いに、デメテルは率直に答える。

「……そう」

骸骨の表情からは感情が読み取れない。しかし、その声は小さく震えている。

「まさか英雄まで現れるなんて、想定外だわ……」

「……英雄？」

子供の頃に聞いたことがある言葉だが、デメテルにはそれが何か思い出せない。

「もう少しだけ、ラザロス様と共に生きたかった」

「……残念ですが、それは認められませんわ。あなた方はあまりに多くの者を傷つけました」

「そうね。それでも彼のそばにいたかった。たとえその先に破滅が待っていようとも……」

デスピナの眼窩に灯る赤い光は徐々に弱まっていく。

「……申し訳ありません……ラザロス様。最期までお供できずに死ぬことを……どうぞ……お許しください……」

赤い光が完全に消えると共に、デスピナから大量の魔素が体外へと抜け出した。

その魔素はデメテルに向かうと、白色のエネルギーに変わり、吸収される。

「終わった……」

「「デメテル様ぁ!!」」

デメテルがほっと息を吐くと、すぐにマリナ達が駆け寄ってきた。

「お疲れ様です！　最後の突き、ヤバすぎですよ！」

「さすがデメテル様です！」

「うん。凄かった」

そう言って、三人はいつものようにデメテルを褒める。

いつの間にか合成屍《キメラ》を倒し終えている彼女達も十分凄いのではと、デメテルは思う。

「みんなお疲れー。よく倒したねぇ」

「こちらも敵は一通り殲滅しています。また、死にそうな者はおりますが誰も命を落としておりませんよ」

アヤメとチヨメだ。なんと屍人騎士《ゾンビナイト》だけでなく、他の敵も全て倒してしまったらしい。

まだまだ余裕といった表情には驚く他ない。

「あ、サスケから連絡ぅ。ジン様が心配してるらしいよぉ」

「な、何ぃ⁉　わわ、私が答えようか⁉」

「チヨメに聞いてねぇよ。空気読め。デメちー、なんて言っとくぅ？」

ジンがこちらの心配をしているということは、あちら側は問題ないということだ。

彼ならば当然と言えば当然だが、小さく安堵するくらい、許されるだろう。

「第一部隊は一人も欠けることなく敵に勝利した。そう伝えてくださいますか？」

「えー、それだけぇ？　……つまんないけど、まいっかぁ」

デメテルの答えを聞いたアヤメは、どこか不服そうに肩を竦《すく》めた。

とはいえ、デメテルはこれから部隊の状況を正確に把握し、兵の健康状態や装備などに問題があれば対処する必要がある。

その後はできるだけ早く態勢を整え、ジンのいる第二部隊に合流しなければならない。

デメテルは従者達に指示を出すと、急いで仲間のもとに向かった。

◆

「デスピナが死んだ？　まさかそんなことが……」

想定外の事態に、ラザロスは驚愕する。

今しがた、彼女から【念話】が飛んできた。

その内容は、これから死ぬことをラザロスに謝罪するものであった。

「くっ、どいつもこいつも！　余の配下は無能ばかりだ！　…………ん？　……うぐ、ぐあぁぁぁあ！」

突然強烈な頭痛に襲われ、ラザロスは頭を抱えて叫ぶ。

しばらくして痛みが治まると、不意に別の人格が表に現れ、体の主導権を握った。

「……こ、これは？　いったい何年振りだろうか？」

彼は自分にそう問いかけてみたが、それがいつか思い出すことができないほど昔のことだった。

「やつが強く動揺したために出てくることができたようだ。だがこうしていられるのもほんの一瞬だろう……デスピナ。まさか君が俺より先に逝《い》ってしまうとは……」

ラザロスは強い喪失感に苛《さいな》まれる。

「俺がやつにこの体を奪われなければ、こんなことには……」

やつとは、先ほどまで彼の体を支配していた存在であり、あらゆる対象を憎悪する怨念《おんねん》の塊《かたまり》のような人格のことだ。

昔、ラザロスが人間からアンデッドに種族変異した時、その人格も同時に誕生した。

なぜそんなものが生まれてしまったのか。彼には心当たりがあった。

樹海の大地溝帯には、長年積み重なった怨念により生まれた瘴気の沼がある。

東方にある植民地国家ネアポレスが、処刑した「大罪人」の死体を廃棄するのに利用している、掃き溜めのような場所だ。

無実の罪を着せられたラザロスもまた、仲間と共にその場所へ廃棄された。

その後しばらくして、沼が持つ負のエネルギーにより、彼はアンデッドに種族変異したのだ。ゆえに、そんな彼が怨念に取り憑《と つ》かれるのは、特段不思議ではないと思えた。

彼がネアポレス国への復讐を誓い、屍粉《ゾンビパウダー》の研究に明け暮れている間も、もう一つの人格が表に現れようとすることはなかった。

屍粉《ゾンビパウダー》の研究を進めていくと、彼が目指すものを作り上げるには、どうしても妖精族《フェアリー》が持つ精霊の秘宝が必要であると判明する。

しかし、いくら頼み込んでも、妖精族《フェアリー》がその製法を明かすことはなかった。

彼が失意のどん底に陥《おちい》った時、それを待っていたかのように、悪魔が囁《ささや》いた。

「妖精族《フェアリー》が教えようとしないならば、奪えばいい。お前の恨みはその程度なのか？　お前ができないのであれば、余が代わりに奪ってやろう」

繰り返し聞こえるその甘言《かんげん》を、当初彼は拒絶した。

そのようなことは許されるはずがない。まして相手は妖精族《フェアリー》という尊ぶべき存在だ。

しかし長い年月研究が停滞している間、ラザロスは焦り、嘆き、苦しみ続けた。

いつになれば憎い憎いあの国を滅ぼせるのか。

そしてある日、荒《すさ》み切った彼の理性はその役目を忘れ、悪魔の囁きに耳を貸してしまったのだ。

以降、彼はもう一つの人格に体の主導権を奪われ、今に至る。

「デスピナ、本当にすまなかった……」

彼女を研究者の道に誘ったのはラザロスだ。

――研究に行き詰まった彼はある日、ネアポレスの城下町を歩き回っていた。

気晴らしがメインだったが、あわよくば何か新しいアイディアが浮かばないかと考えたのだ。

偶然貧民街を通りかかると、ごろつきに暴力を振るわれている身寄りのない少女を見かけた。

このような場所ではよくある光景である。しかし、その日の彼にはそれが妙に気《き》に障《さわ》った。

魔法でごろつきを追い払うと、少女の状態を【鑑定】し、傷や病気を治療した。

その際に気づいたのだが、彼女の知力はラザロスよりも高く、魔法の適性もあった。

研究を手助けしてくれる者として、ラザロスが彼女を引き取ることにしたのは、自然な成り行きだった。

だがその結果、彼女もまたラザロスと同じ運命を歩むことになったのだ。

「あの時彼女に助けを求めた俺のせいだ。なんてバカなことをしたのか……それに、アルノルドとアルバスにも謝らなければな」

ネアポレス国の将軍であり、彼の友人でもあったアルノルドは、ラザロスを庇《かば》ったことから国家への反逆罪で投獄された。

その弟のアルバス——ラザロスの部下で優秀な研究者だった——もまた、ラザロスと同じ罪で投獄された。

彼らのことを思い出すと胸が痛む。

それと同時に、彼らの命を奪ったネアポレス国への怒りがふつふつと湧き上がってくる。

「俺だけならまだしも、罪のない仲間の命まで奪いやがって……必ず滅ぼしてやる。王族や貴族、そして俺を嵌めた研究所の職員どもを皆殺しにして、醜い合成屍《キメラ》の一部にしてやる！」

どれだけ時が経とうとも、ラザロスの憎悪は露《つゆ》ほども消えていなかった。むしろ、昔よりもさらに強くなっているかもしれない。

怒りに呼応するかのように、再び頭が割れるような痛みが彼を襲った。

「……ぐっ、こ、ここまでか。後は任せたぞ、もう一人の俺！」

しばらくして痛みが引くと、別の人格が再び表に現れた。

「ふん、貴様に言われるまでもない。復讐こそが余の全てなのだからな」

さも当然と言ったように、ラザロスは呟く。

「やはり余が手を下すしかないようだ。ジンと言ったか。余の邪魔をしたこと、必ず後悔させてやる」

ラザロスは玉座からおもむろに立ち上がると、洞窟の地下深くへと降りていった。

◆

「勝ったか。さすがだな」

アヤメからの報告を聞いた僕――ジンは、思わずそう呟いた。

デメテル達は敵の第一部隊に勝利したようだ。

それも味方に誰一人死者は出ていないという。

彼女ならなんとかしてくれると思っていたけど、ここまで完璧な勝利を収めるとは驚きだ。

僕も配下に負けるわけにはいかないな。

死霊《レイス》の魔法でやられた兵は、不死者の杖で復活しておいた。

また武器に付与しておいた魔法が消えはじめたので、一気に全員の武器へかけ直した。

しばらくして敵の数は徐々に減り、元の半分くらいにはなった気がする。

まだまだ先は長いが順調。いけるぞこりゃ。

「……何？」

サスケが誰かと【念話】で会話をしている。反応からして、あまり良い話ではなさそうだ。

「ジン様、敵側に動きがありました。転移魔法陣で新たな援軍を送ってきたようです。なんと、ここから少し離れた場所に、十以上の魔法陣が設置されていたとのこと。こんなものに気づけないなんて、忍者失格です……」

……まあ、そもそもサスケは本物の忍者じゃないからな。

それに、たとえ本物でも無理なものは無理だと思う。

「いやいや、大丈夫だよ！　サスケは少し真面目すぎるぞ？　こうして早く気づいてくれただけで感謝だよ」

「……はっ。勿体《もったい》ないお言葉でございます」

「まだ悔しそうだな……にしても、いつの間に設置したんだろう。もしかしたら屍術王《ネクロマスター》は、元々樹海のあちこちに魔法陣を設置していたのかもね」

「なるほど、そうかもしれません。我々が気付けなかったとなると、魔法陣には隠蔽処理《いんぺいしょり》まで施されていたのでしょう」

敵は第一部隊と第二部隊を送り出すのに、あえて転移魔法陣を使わなかった。

そうすることで魔法陣の存在をこちら側に悟られないようにしたのか。

転移魔法を使えるのは知っていたんだから、使う可能性は考慮しておくべきだったな……

「援軍の規模は分かる？」

「はっ。今集めた情報によりますと、一つの魔法陣につき千から二千のアンデッドが姿を現しているとのことです」

魔法陣は十箇所以上っていうから、さらに二万ぐらいの援軍……？

「なお、アンデッドは全て樹海の生物による合成屍《キメラ》です。中には女王蜘蛛《クイーンスパイダー》の合成屍《キメラ》もおり、ランクがBからSの軍団と考えてよさそうです」

「兵の数と強さから見て、この軍団が本隊か？　いや……さらに戦力を隠しているかも。参ったな……」

こうまで戦力を隠されて次々に戦場に送り込まれたら、たまったものじゃない。

作戦なんて立てようがないし、終わりのない戦いに思えて、仲間の士気が下がってしまう。

さらに、敵が全てアンデッドというのもきつい。基本的に、やつらは聖属性の攻撃じゃないとダメージが与えられない、半不死身の化け物なのだ。

……………あ、そうだ。

敵が全てアンデッドってことは、倒したやつを片《かた》っ端《ぱし》から不死者の杖で復活させていけばいいじゃないか。敵が増えれば増えるほど、結果的にこっちの仲間もどんどん増えていく。

負ける気がしないぞ。

僕の目の前には、敵の第二部隊の亡骸が無数にある。

屍人将軍《ゾンビジェネラル》と屍人騎士《ゾンビナイト》が消滅させてしまった相手もいるが、総数四千はくだらないだろう。

僕は早速不死者の杖に魔素を流し込み、杖を地面に突き刺した。

次々と兵が復活していく。そして兵は僕のもとに集まると、一斉に跪《ひざまず》いた。

よし、上手くいった。魔素はだいぶ減ってしまったが、仕方がない。

新しい仲間の種族は骸骨騎士《スケルトンナイト》・屍鬼《グール》・首無し騎兵《デュラハン》・骸骨将軍《スケルトンジェネラル》だ。

死霊《レイス》はすでに消滅しており、復活できなかった。

武器を持つ者には聖属性の魔法をかけておく。

「仲間と連携し、眼前の敵を殲滅せよ！」
僕が指示を出すと、兵は一斉に立ち上がり、敵陣に向かって駆け出した。
こちらのアンデッド軍は総数七千を超え、その破壊力は凄まじいものとなった。
敵の残党を数の暴力で呑み込んでいく。
戦局は大きく傾き、ついに敵を全滅させることに成功。
そして倒した者は片っ端から復活させていく。やがてこちらの総数は一万を超えた。
すると間もなく、敵陣の後方から二万の援軍が姿を現した。
今度の相手は陣形などない。
グロテスクな魔物達が、木々を押し倒しながら津波の如くこちらに迫ってくる。
だが、正直怖くない。兵の総数は不死者の杖でひっくり返せるのだ。
敵の援軍を迎え撃つべく、こちらの兵が一斉に突撃を開始した。
両軍が衝突し、魔物の叫び声や兵のぶつかり合う音で戦場が支配される。
ここからは兵を見守ることしかできない。
念のため、【気配察知】で敵と味方の勢力を把握しておく。
少しの時間が経過し、戦況が見えてきた。
敵の中に毒を操る魔物がいて、こちらの兵が次々と戦闘不能にされている。
しかし、こちらも着実に相手の数を減らしており、全体的には優勢のようだ。
ふと、後方から複数の気配が近づいてくるのを感じる。デメテル達だ。

彼女は僕に近づくと、凛々《りり》しい表情で報告する。

「ジン様。我々第一部隊は誰一人欠けることなく、こちらに合流しましたわ！」

「さすがだね、デメテル！」

「は、はいっ！」

眩しい笑顔で応える彼女に、僕は現在の戦況を報告した。

「……に、二万の援軍ですか。では、私達も参戦いたしますわ！」

デメテルがやる気満々すぎる。

従者達も同じ様子だが、他の兵達はちょっとぐったり気味だ。

「あ、ありがとう。でも少し待機していてくれ。ちょっと様子を見たい」

第一部隊のみんなをしばらく休ませたいのもあるが、屍術王《ネクロマスター》がこのままで終わるとは思えない。

まだ何か隠しているような気がするのだ。

そんな僕の予想は、ほどなくして的中する。

突如、敵陣の後方に二つの気配が現れた。

「ジン様。新たに妖精族《フェアリー》と屍竜《ドラゴンゾンビ》が一体ずつ現れたとのことです」
ド、屍竜《ドラゴンゾンビ》!?　ってことは、この世界にはドラゴンがいたのか！
それに妖精族《フェアリー》……この前屍術王《ネクロマスター》のアジトに案内してくれたあいつか？

前までは隠れていたのに、今回は随分堂々と出てくるな。

屍竜《ドラゴンゾンビ》は僕が相手をした方が良さそうだ。

そうなると、この場を離れることになるな。

「デメテル、今から君に全軍の指揮を任せたい。あの屍竜《ドラゴンゾンビ》は僕が相手をする」

「で、でしたら私も――」

「頼む！」

「……わ、分かりましたわ」

デメテルもついてきたいのかもしれないが、それはダメだ。なぜなら、他に指揮の適任者がいない。

一番向いていそうなサスケに任せても、なんやかんや理由をつけて僕のそばに来ようとするに違いない。その点、彼女は責任感が強いタイプだから、安心して任せられるのだ。

屍竜《ドラゴンゾンビ》が足元のアンデッドを蹴散らしながら、こちらにゆっくりと近づいてくる。

一歩歩くたびに「ズシーーーン！」という轟音を響かせ、周りの木々を薙ぎ倒しながら進んでくる。とんでもない圧だ。

それにこの屍竜《ドラゴンゾンビ》、とにかくでかい。

尻尾を含めると全長二十メートル以上はありそうな巨体だ。

腐って紫に変色している体からは肉がただれ落ち、翼にはあちこち穴が空いている。

口からは涎《よだれ》を垂れ流し、目は獲物を狙う肉食獣の如くギラギラと輝いている。

時々体からボタッと肉が落ちると、屍竜《ドラゴンゾンビ》は苦しそうに「ギャァアア！」と叫び声を上げる。

そして痛みを誤魔化《ごまか》すように、硬い鱗で覆われた尻尾を地面に激しく叩きつける。

肉が落ちた箇所は徐々に再生されていくが、今度は別の箇所の肉が崩れ落ちる。

すると また屍竜《ドラゴンゾンビ》は苦しそうに叫ぶ。

なんだか非常に可哀想に見えるが、気のせいか……？

少し気になったので、その屍竜《ドラゴンゾンビ》を【鑑定】してみた。

〈種族：屍竜《ドラゴンゾンビ》の幼体（ゾンビ化進行中）。屍粉《ゾンビパウダー》の効果でゾンビ化が進行している。完全なゾンビ化には同族の血肉が必要〉

この屍竜《ドラゴンゾンビ》もまだ完全にゾンビ化していなくて、苦しんでいる最中ってわけか。

それに、幼体ってことは、子供？

無理やり屍人《ゾンビ》にされて操られ、この場に連れてこられたって感じか。

子供でもお構いなしかよ。屍術王《ネクロマスター》は本当にクズだな。

もう片方の妖精族《フェアリー》は、せっかくだから妖精族《フェアリー》に任せるか。

早速妖精族《フェアリー》の代表を呼び出した。

すると、代表を見た敵の妖精族《フェアリー》が突然、こちら目がけて猛スピードで迫ってきた。

妖精族《フェアリー》の代表は、接近する相手を見て驚愕する。

「あ、あれはイルモ!?」

別の妖精族《フェアリー》が間違いないと答える。

イルモと呼ばれたその妖精族《フェアリー》は、全くスピードを落とす様子もなくこちらに突っ込んでくる。

しかし妖精族《フェアリー》の代表は身構えもせず、悲痛な面持ちでイルモを見つめている。

……おいおい、大丈夫か!?

「アーロ様っ！」

仲間から名前を呼ばれ、妖精族《フェアリー》の代表アーロは、ようやく我に返った。

しかしイルモはすでに目前まで近づいていた。彼はアーロの肩を両手で鷲掴《わしづか》みにし、歯を剥き出しにして首に噛みつこうとする。

妖精らしからぬワイルドな攻撃をするやつだ。僕が驚いていると、アーロの側にいた妖精族《フェアリー》が短い詠唱ののちに魔法を放った。

「【妖精のはばたき《ウィングビート》】！」

高速の羽ばたきで生じた突風が、強い衝撃波となってイルモに襲いかかる。

彼はその攻撃を鋭敏に察知し、すぐさま後方へ避けた。

アーロはその様子を呆然として見ている。いったいどうしたんだ？

そういえば、よく見るとイルモの目が赤くギラギラと光っている。それに、涎を垂らして非常に苦しそうな顔をしている。

この特徴、屍竜《ドラゴンゾンビ》と同じだな。早速イルモを【鑑定】してみる。

〈種族：屍堕妖精《フォールンフェアリーゾンビ》（ゾンビ化進行中）。屍粉《ゾンビパウダー》の効果でゾンビ化が進行している。完全なゾンビ化には同族の血肉が必要〉

やっぱりか！　じゃあ、屍術王《ネクロマスター》はこの妖精も殺したってことか？

なんでわざわざ屍人《ゾンビ》にしたんだろう。そっちの方が戦力になるとか？

それとも、またこちらを怯ませる作戦か？

だとしたら多少上手くいっているようだ。明らかにアーロの様子がおかしい。

とにかく、イルモはまだ助かるかもしれない。

「アーロ、イルモは完全にゾンビ化してないぞ！　できれば拘束してくれ！」

「た、確かにそのようですな……承知しました！」

僕の呼びかけで、アーロはなんとか気を取り直したようだ。妖精族《フェアリー》達に指示を出す。

「全員でイルモの動きを止めるぞ！　多少痛めつけても構わん！」

「そ、そんな……!?　イルモ様を傷つけるなんて――」

「親である私が言っているのだ！　それに、あいつを弱らせずに拘束できる者などどこにいる？」

「わ、分かりました……」

イルモはアーロの息子だったのか。それにかなり強いらしい。

僕も少し加勢した方がいいかな。

ただ、屍竜《ドラゴンゾンビ》がもうすぐそこまで近づいている。

「ジン様！　ここは我々にお任せを！」

アーロが決意に満ちた目で僕を見る。

そうだな。ここは妖精族《フェアリー》のみんなに任せよう。

相手の手の内はよく知っているだろうし、なんとかしてくれるはずだ。

「分かった。よろしく頼むよ！」

イルモが何やら詠唱を始めている。先ほどとは違う魔法だ。聞いたことがないな。

周りを囲んだ妖精族《フェアリー》達もそれに合わせて詠唱を始めた。

もしかして魔法の撃ち合い？

ちょっと見たいけど……諦めて屍竜《ドラゴンゾンビ》と対峙する。

屍竜《ドラゴンゾンビ》はでかいから、一人で相手をするのは大変そうだ。

僕は不死者の杖を通じて命令を発し、屍人将軍《ゾンビジェネラル》を呼び出した。杖はこんな【念話】まがいのことができて便利だ。

まずは屍竜《ドラゴンゾンビ》をできるだけ引き離したい。

こんなところで戦ったら、仲間にどんな被害が出るかわからない。

「屍人将軍《ゾンビジェネラル》、屍竜《ドラゴンゾンビ》の注意を引いて、ここから引き離すぞ！」

すぐにやってきた屍人将軍《ゾンビジェネラル》に指示を出す。

彼は小さく頷くと、【身体強化】を発動して、屍竜《ドラゴンゾンビ》に向かって駆け出した。

そして上空に飛び上がり、横一文字の斬撃を続けざまに二発放つ。

屍竜《ドラゴンゾンビ》は鋭い牙が並んだ獰猛な顎で、自らに迫る一つ目の斬撃に噛み付いた。

やつは軽々と斬撃を掻き消してみせる。

しかし、聖属性の魔法がかかった斬撃に触れた牙がシューと音を立てて焼け落ちた。

「ギャァアアア!!」

屍竜《ドラゴンゾンビ》はその痛みに絶叫する。

そして、次に迫る斬撃は避けるべきと判断したらしい。穴の空いた翼で大きく羽ばたき、空へ逃げた。

続けて屍竜《ドラゴンゾンビ》は上を向くと、ヒュウと大きく息を吸い込んだ。

次の瞬間――

「ブォォォオオオオ!!」

大気が震えるほどの轟音と共に、こちらに向けて濃赤色の煙のような息《ブレス》を吐き出す。

これは僕も使ったことがあるから知っている。【腐息《ディケイブレス》】だ。

腐敗の状態異常は継続ダメージと行動速度を低下させる能力低下《デバフ》効果がある。

僕と屍人将軍《ゾンビジェネラル》はその息《ブレス》をまともに受けた。

僕は耐性があるためか、何も感じない。しかし、屍人将軍《ゾンビジェネラル》は状態異常にかかったらしい。

「グウゥ!」と悶《もだ》えるような声を漏らしている。

手痛い反撃をくらってしまったが、ひとまず屍竜《ドラゴンゾンビ》の注意を引くことはできた。

「屍人将軍《ゾンビジェネラル》! ついてきてくれ!」

僕はそう叫ぶと、仲間がいない方向へと駆け出す。

こんな息《ブレス》を仲間に吐かれたら、甚大な被害が出るに違いない。

全力で走る僕達を、屍竜《ドラゴンゾンビ》が空から追跡してくる。

しばらく走って十分引き離せたことを確認し、僕達は足を止めた。

それに気付いた屍竜《ドラゴンゾンビ》も止まり、またしても大きく息を吸い込んだ。

また【腐息《ディケイブレス》】か？

いや、どうやら違うらしい。今度は濃緑色の煙のような息《ブレス》を、僕達に向けて吐き出した。

これも知っている。【毒息《ポイズンブレス》】だ。残念ながら僕には効かない。

もはや攻撃のチャンスだ。

「屍人将軍《ゾンビジェネラル》！　やつを挟み撃ちにするぞ！　屍竜《ドラゴンゾンビ》の背後に回ってくれ！」

僕は敵の注意を引きつけるため、その場から微動だにせず【毒息《ポイズンブレス》】を浴びた。

うん、なんともない。いや、ちょっと臭いかな……

屍人将軍《ゾンビジェネラル》は今来た道を逆戻りして、屍竜《ドラゴンゾンビ》の背後に回り込んだ。

そのタイミングで僕は飛び上がり、屍竜《ドラゴンゾンビ》と同じ高さまで来た。

「合わせろ！」

僕はそう叫ぶと同時に、縦一閃の斬撃を放った。

屍人将軍《ゾンビジェネラル》は僕の声を聞いた瞬間に飛び上がり、こちらも同様の斬撃を放った。

二つの斬撃が前方と後方から屍竜《ドラゴンゾンビ》を挟み込む。

バギィイン！

骨を断つ音が鳴り響き、巨大な翼が落下した。

「ギャァアァアアウゥ!!」

けたたましい叫び声と共に、屍竜《ドラゴンゾンビ》が地上に墜落《ついらく》。轟音を響かせて地面に倒れ込んだ。

この子は何も悪くないのに、なんだか可哀想だな。

でも、僕はこの機を逃さない。

檻《おり》をイメージして、左手に持っていた杖でトンッと地面をついた。

【大地牙《アーススパイク》】が発動し、屍竜《ドラゴンゾンビ》の周囲に無数の巨大な牙が現れる。その牙はドーム状の檻を作り出し、屍竜《ドラゴンゾンビ》を囲い込んだ。

よし。なんとかこのまま拘束して、いずれゾンビ化の呪縛《じゅばく》を解いてあげたい。

しかし屍竜《ドラゴンゾンビ》はそれを拒絶する。

大きく息を吸い込むと、檻に向けて真っ赤な炎を吐き出した。

そして、再び大きく息を吸い込んで、今度は青白い吹雪を吐き出す。

岩の檻は温度差で脆《もろ》くなり、屍竜《ドラゴンゾンビ》が鉤爪《かぎづめ》で引っ掻くと簡単に崩れ去った。

頭良いな、この子。

屍竜《ドラゴンゾンビ》はこちらに向けて大きく口を開き、「ガァァア!!」と叫ぶ。

すると、口の中から巨大な炎球が二発、僕の方に撃ち出された。

これは【烈火球《バーストファイア》】か？　魔法まで使うとは、驚きだ。

僕は【魔法付与《マジックエンチャント》】で真銀《ミスリル》の剣に【大氷柱《アイシクル》】をかける。

すると半透明の氷の刃が刀身を覆った。

その刃で、僕は飛んでくる火球を「スパッ、スパッ」と真っ二つにした。

どうやら僕には、この屍竜《ドラゴンゾンビ》の拘束は難しそうだ。樹人族《トレント》に手伝ってもらうか。

「サスケ、いる？」

「はっ、ここに」

呼びかけると、サスケが僕の後ろにスッと姿を現した。

「悪いんだけど、樹人族《トレント》を呼んでくれる？　彼らの力が必要なんだ」

「はっ、すぐに」

彼らが到着するまで時間を稼がなきゃいけない。

僕は【身体強化】を発動し、屍竜《ドラゴンゾンビ》に一気に接近した。

すると屍竜《ドラゴンゾンビ》は爪や尻尾で連続攻撃を仕掛けてくる。

僕は余裕を持ってそれを避けながら、目の前で【悪息《ヴェノムブレス》】を放った。

息《ブレス》はすぐさま屍竜《ドラゴンゾンビ》に届き、体にまとわりついた。

屍竜《ドラゴンゾンビ》はそれを嫌がって、長い尻尾を振り回す。

しかし【悪息《ヴェノムブレス》】はその程度で掻き消せるほど甘くはない。

相手も息《ブレス》を使うくらいだから、毒や腐敗の耐性は持っているだろう。

しかし麻痺《まひ》は効果があるのか、多少動きが緩慢《かんまん》になった。

それでも、屍竜《ドラゴンゾンビ》は暴れるのをやめない。

これじゃあ全然足りないか。今度は氷魔法を使ってみよう。

杖をトンッと地面につくと、頭上に四十本の氷柱が生じ、一斉に屍竜《ドラゴンゾンビ》の足元へと向かう。

地面に突き刺さった氷柱は、パキパキッと音を立てながら、周囲にも白い冷気を広げ、屍竜《ドラゴンゾンビ》の脚を地面に凍り付かせた。

ふむ、まだ動こうとしているな。

今度は屍竜《ドラゴンゾンビ》の体長を超えるくらいの【重力球《グラビティボール》】をイメージして、杖を地面にトンッとついた。

宙に現れた超巨大な黒い球体がゆっくり下降すると、屍竜《ドラゴンゾンビ》を丸呑みにする。

下に向かって働く重力は対象を地面に縛りつけ、ついに身動きをできなくした。

元々この魔法は、球の中心に向かって強い重力が働き、中に入ったものを押し潰す性質だ。しかし今回は、【魔法制御】で重力が全て地面に向かうようにした。

なかなか上手くいったな。これをしばらく維持しよう。

あれ、【重力球《グラビティボール》】越しに僕を見る屍竜《ドラゴンゾンビ》の目が、何やら怯えているような……？

ついでにガタガタ震えているけど……【悪息《ヴェノムブレス》】が効いているからだよね⁉

少し待っていると、樹人族《トレント》が到着した。

「わざわざすまない。君達のスキルで、あの屍竜《ドラゴンゾンビ》を拘束できるかな？」

「ドド、ドラゴン⁉」

樹人族《トレント》は目の前の光景に動揺を見せる。

「大丈夫？」

「はっ⁉　お、お任せください！　この樹海はワタクシ達のホームグラウンドですからっ！」

我に返った樹人族《トレント》の代表は、力強く返事をすると、仲間に指示を出した。

みんなが屍竜《ドラゴンゾンビ》を囲むように並び立つ。

彼らは【念話】でコミュニケーションを取りながら、タイミングを合わせて一斉にスキルを発動した。

「「【樹縛《じゅばく》】!!」」

屍竜《ドラゴンゾンビ》の周囲に生えていた木の枝が伸び、生き物のようにぐねぐねと動き出して、やつの脚に絡みつく。

それだけではない。地面から次々と新しい木が生え、それらが一気に成長して、幹や枝で獲物を雁字搦《がんじがら》めにする。

先ほど僕が発動した魔法は邪魔になりそうだったので、大急ぎで解除しておいた。

屍竜《ドラゴンゾンビ》は樹人族《トレント》のスキルで全く動けそうにない。

おお！　凄いな、樹人族《トレント》。

さて、妖精族《フェアリー》達の戦いはどうなっただろう。

そちらを見にいくと、すでにイルモを捕らえることに成功していた。

妖精族《フェアリー》達が傷だらけなのを見ると、イルモはかなり暴れたんだろう。

捕縛の仕方はというと、樹海の植物の蔓《つる》でぐるぐる巻きにしている感じだ。

どうやら妖精族《フェアリー》も樹人族《トレント》と似たようなスキルを持っているみたいだ。

いつの間にか敵の本隊は、兵の数が半分以下に減っていた。

デメテルがこちらの第一部隊を投入し、一気呵成《いっきかせい》に攻め立てているのだ。

彼女達も疲労の色が濃いが、あと数千であればなんとかなりそうだ。

さて次はどう出る？

様子を見ていると【気配察知】に新たな反応が現れた。

黒をベースにした豪奢なローブを纏い、金色に輝く杖を持った骸骨《がいこつ》が、禍々しい魔素を全身から発している。

「どいつもこいつも、役立たずばかりだ」

僕の正面に何の前触れもなく現れたその存在は、心底呆れた風に言う。

「……しかし一応、敵の手の内を知ることには成功している。多少は役に立ったか……」

随分と偉そうな物言いだ。それに強者らしい圧倒的な威圧感。

間違いない。こいつが屍術王《ネクロマスター》だ。

僕は反射的に叫ぶ。

「サスケ、近くにいる者を全員、できるだけ遠ざけてくれ。こいつはヤバそうだ」

「はっ！」

「ついに出てきたな。お前が屍術王《ネクロマスター》か？」

もはや尋ねるまでもないが、聞いてみる。仲間達が離れるまで時間を稼ぎたい。

「いかにも。余こそはこの樹海の支配者、屍術王《ネクロマスター》ラザロスだ」

声で空気が振動している。まるで重低音のスピーカーから発せられる音のようだ。

「貴様がジンだな。いったい何者だ？」

僕の名前を知っているらしい。

「僕？　僕は……冒険者……かな？」

何者と聞かれても困るぞ。この前冒険者登録はしたし、適当に冒険者とか言っておこう。

まだFランクですけど、何か？

「ほう、冒険者か。アンデッドのくせに冒険者とは……貴様、余をバカにしているのか？」

「ん？　アンデッドでも工夫次第で冒険者にはなれるんだぞ？　元は人族のくせに、そんなことも知らないのか？」

僕がそう言うと、ラザロスが鼻を鳴らす。

「なぜ貴様がそれを知っている？　ふん、そうか。チョロチョロと嗅ぎ回っていたネズミの仕業だな」

やっぱりこいつ、元人族なのか。

「貴様の能力は把握しているぞ。剣に魔法、息《ブレス》で戦うスタイルだ。その杖はアンデッドを使役できるようだな。剣にかかっている属性付与《エンチャント》はなんだ？　魔道具でも使ったのか？　何やら罠を仕掛けるなど小賢《こざか》しい真似をするところを見ると、普通のアンデッドではない。おそらく唯一《ユニーク》の存在で、貴様も元人族だろう？」

「ほう、大体合っているぞ。ジロジロと覗き見していただけあるな」

少し挑発してみるが、ラザロスはまるで意に介さない。

「それで、貴様の種族はなんだ？」

「なんだったかな。お前に教える筋合いはない」

「ふん、ならば見ればいいだけの話だ」

ラザロスはそう言うと、僕の方を凝視《ぎょうし》する。

どうやら僕のステータスを【鑑定】しているらしい。

「ほう、還魂者《レブナント》とは珍しい……なに、転生者？　ま、まさか貴様、転生者なのか!?」

またしてもラザロスが僕に聞いてきた。まったく、質問が多いやつだ。

「転生者ならどうだと言うんだ？」

ラザロスが驚愕の表情を見せる。しかしすぐさま愉快そうに笑い出した。

「くっくっくっ、これは驚いた。まさか本当に転生者だとは。アンデッドに転生したと言うのか？

それは残念だったなぁ、くははははっ！」

「何が残念なんだ？」

「……貴様、知らんのか？　転生者は貴重な知識やスキルを持っている者が多いゆえ、あらゆる国から高待遇で迎え入れられているのだ。もちろん、人族に限られるがな。貴様みたいに魔物に転生した者もいたのだろうが、気づかれず討伐されてきたに違いない。長年生きている余も、貴様のような存在を見るのは初めてだよ」

そうか、僕以外にも転生者はいるのか。それで、人族に転生できれば良い生活ができたかもしれないと。

……そもそも転生時に人族の選択肢がなかったんですけど。

「あ、そう。僕は別に不幸だとは思ってないけどな」

「……何？」

「不幸だと思っていないんだって。そもそも良い生活がしたくて転生したわけじゃないんだよ。まぁ、お前に話す必要はないか」

こいつとは話が合う気がしない。でも、こっちから聞きたかったことがある。

「お前が作った屍粉《ゾンビパウダー》で今屍人《ゾンビ》になりかけている人達がいるんだが、まだ屍人《ゾンビ》になってないってことは、治せるんだろう？　僕がお前に勝ったら、その方法を教えろ」

「くはははっ、笑わせる！　まさかあの出来損ないどもを治そうと思っているのか？」

「そうだ」

「……くくくっ、良かろう。ではその代わりに、余が貴様に勝ったら、その杖と、武器に属性付与《エンチャント》をする魔道具を渡してもらおう」

魔道具？

僕が属性付与《エンチャント》に魔道具を使っていると思っているのだろうか。まあ、適当に話を合わせておこう。

「ああ、いいぞ」

会話が終わると、サスケがスッと僕の後ろに姿を現した。

「ジン様、仲間達は十分距離を取りましたので、ご安心ください」

「ありがとう。サスケ達も下がっていて良いよ」

「……ジン様。我々の先祖は昔、やつにアンデッドにされ、奴隷のように扱われました。その恨みを晴らしたく存じます。その機会をいただけないでしょうか？」

そうか。この戦いはサスケ達の戦いでもあるんだった。

「馬人族《ウェアホース》や樹海の住民も、屍術王《ネクロマスター》に恨みを晴らしたいと申しておりましたが、ジン様の邪魔になるだけだと諭して参りました。その代わりに、樹海の住民であった我々が、やつに一太刀入れる約束をしております。どうか、その機会をいただきたく」

彼らもか。それなら仕方がないか。

「分かった。じゃあ、危なくなったら逃げることだけは約束してくれ！」

「「「はっ!!」」」

その声と共に、総勢五十名の鼠人族《ウェアラット》達が一斉にどこからともなく姿を現した。

みんなの忍者っぽさに感動していると、ラザロスが訝しげな表情で質問してくる。

「……貴様、その鼠人族《ウェアラット》に名を与えたのか？」

「ああ、それがどうした？」

「……なるほど、そういうことか。配下に命名するなど、魔王くらいのもの。つまり貴様はこの樹海で強力な配下を増やし、いずれどこぞの国でも支配して魔王になろうなどと考えていたわけだ」

……は？　ま、魔王？　なぁに的外れなことを言っているんだ、この骸骨？

と、呆れていると、サスケが会話に割り込んできた。

「おい貴様、よく気づいたな！　その点だけは褒めてやろう。ジン様はいずれ魔王になるお方だ。そして我ら五十名は皆、ジン様からお名前をいただいた第一の配下。よぉく覚えておくがいい……まぁ、貴様に明日など来ないがな」

な、何を言っているんだ、サスケ!?　最後のフレーズはちょっと格好良かったけど！

「バ、バカな。五十人に命名しただと？　……そういうことか。余はなぜ貴様がこの樹海の戦いに参戦してきたのか腑に落ちなかった。だがようやく分かったぞ」

悟ったと言わんばかりの口調で、ラザロスが続ける。

「貴様は初めから災害級《ディザスター》を超える戦力を揃えて、この樹海を支配しようとしていた。そして、同じ目的を持つ余の命を狙っていたのだ！」

いやいや、何を妄想《もうそう》しているんだよ。

そしてサスケもそれを一切否定する気はないようだ。

「ふん、ここまで来てようやく気づくとは。随分悠長《ゆうちょう》なことだ」

サスケ、お前も大概おかしいぞ？

変な話になってきた。ちゃんと否定しなきゃな。

「ちょっと待て！　僕は別に樹海を支配したいから彼らに命名したんじゃないぞ？　たまたまそういう話になっただけだからな？」

「たまたまで自分の力を半減させるような愚か者などおらん。貴様は黙っていろ！」

……えっ？　今、僕が怒られたのか……？

すると、その言葉にサスケが激昂する。

「貴様ぁ……ジン様にその無礼な態度、もう許さん！」

直後、突然サスケは【身体強化】を発動し、途轍もない速さでラザロスに接近する。

一瞬で背後に回り込むと、忍者刀で上段から斬りつけた。

キィン！

高い金属音が鳴り、サスケの刀が弾かれる。

ラザロスの【物理障壁《フォースバリア》】には傷ひとつ付けられないようだ。

今度は、ハンゾウ・コタロウ・アヤメ・チヨメがラザロスを囲うように姿を現し、同じように刀で斬りつける。

この攻撃もやはり【物理障壁《フォースバリア》】に弾かれてしまい、傷ひとつ付けられていない。

なんかいきなり戦闘が始まったな……

鼠人族《ウェアラット》達の攻撃は死霊の賢者《リッチ》の【物理障壁《フォースバリア》】に弾かれてしまうが、それでも攻撃の手を緩めない。

総勢五十名が、あらゆる角度から攻撃を仕掛ける。剣が効かないと見るや、【爪術】による爪攻撃や手裏剣、クナイなど、あらゆる攻撃を試している。

だが残念ながら、どの攻撃もラザロスの障壁を崩すことができない。

するとラザロスは出し抜けに杖で地面をついた。

鼠人族《ウェアラット》達はそれを見て、瞬時に危険と判断し、距離をとる。

するとラザロスの四方から、巨大な弧を描く爆風を纏った風の刃が生じ、「ブォン！」という音と共に、一斉に鼠人族《ウェアラット》の方へ撃ち出された。

凄まじい速度で迫る四枚の刃を、鼠人族《ウェアラット》達のほとんどが上空に飛んで逃げた。

一方、刃を避けそこなった鼠人族《ウェアラット》は、手に持っていた刀でそれを受け止めようとする。

しかし、その勢いを殺すことができず、刀と共に鼠人族《ウェアラット》の体が遠方へと吹き飛ばされた。

この時、ラザロスは既に次の魔法を放っていた。

上空に飛び上がった鼠人族《ウェアラット》めがけて、螺旋状の炎の渦が襲いかかる。

避けることができないと悟った彼らは、刀を構えてそれを待ち構える。

しかし、大魔法の前にはなす術《すべ》もなく呑み込まれ、丸焦げになって地面に落ちた。

【気配察知】で確認する限り、みんな酷いダメージを受けているが、命に別状はなさそうだ。でもこれ以上は危険だな。

風の刃をしゃがんで避けていたサスケは、ラザロスの背後から攻撃を仕掛ける。

鼠人族《ウェアラット》達からの攻撃を全て【物理障壁《フォースバリア》】で弾いているラザロスは、この攻撃を避ける素振《そぶ》りを見せない。もはや攻撃と思ってすらいないかもしれない。

そんなラザロスの背中に、サスケが刀を突き立てた。

すると【物理障壁《フォースバリア》】に僅かな亀裂が入る。

ラザロスがピクリと反応するも、ダメージを与えるには至らない。

続いて、刀から生じた眩い聖なる光がラザロスに降りかかる。

唯一露出していた首元を目ざとく見つけると、光はそこへ一気に流れ込んだ。

サスケ達の攻撃は物理のみと思い込んでいたらしい。

ラザロスはまともに聖なる光を浴びた。

「ギャァアアアア!!」

ラザロスが痛みで叫び声を上げる。

そして、すぐさま振り返り、杖を振り回してサスケを遠ざけようとする。

サスケはその杖をひらりとかわして間合いに入り込むと、今度は首元へ直接刀を突き刺そうとした。

さきほど同様物理攻撃は防がれ、続けて発動した聖魔法も、やつが展開した【魔法障壁《マジックバリア》】に阻まれた。

ラザロスは顔を歪めて笑う。

「その魔法、いったいどういうカラクリだ？　なんにせよ、余の障壁を破壊することはできないようだな！」

ラザロスが地面に杖をつく。すると足元から真っ白な冷気が立ち上り、地面がパキパキと音を立てて凍り付く。それがサスケのもとまで届くと、冷気が彼の足を地面に凍りつかせた。

サスケはその魔法から逃れようと、足を縛り付ける氷に刀を突き立てる。

刀はそれに突き刺さるものの、破壊するまでには至らない。

「ちっ！」

焦る彼に、ラザロスは再び杖をついて魔法を放った。

「まずは一匹」

ゴゴゴゴォォォォオオオオ!!

突如上空にまるで隕石のような巨岩が現れると、高速でサスケに向かって落下する。

土属性の上級魔法か？　こりゃマズい。

僕は【身体強化】を発動し、急いでサスケのもとに移動すると、剣に炎魔法をかけてサスケの足に絡みつく氷を切り裂いた。

そして、魔法が衝突する寸前で【転移《トランスファー》】を発動し、サスケを連れて後方へ逃げた。

ドガァァァアアン!!

上空から落ちてきた直径十メートルを超える巨岩が、周囲の木々を押し潰して地面にめり込む。

「ジ、ジン様！　足手まといになってしまい、申し訳ありません……」

肩を落とすサスケを励ます。

「いやいや、十分頑張っていたよ！　一撃食らわせていたし。もちろん他のみんなもね。敵の魔法も色々使わせていたから、手の内も分かってきた。大分助かったよ」

「……ま、まだやれます！　新しく手に入れた力で必ずお役に立ってみせます！」

おっ、何か新技でもあるのかな？

「うん、了解。じゃあ、一旦ここで休んでいてくれ。チャンスがあったら呼ぶからさ」

「し、承知しました……」

がっかりしているみたいだな。

敵の魔法があまりにも強いし、やられるのは仕方がない。また後で頑張ってもらおう。

さて、どうするか。

まだアイツは何かしら手を隠し持っているかもしれないな。

一撃でやられる必殺技なんかがあったとしたら困るし、もう少し様子を見るか。

僕は不死者の杖で、すぐ近くに待機していた屍人将軍《ゾンビジェネラル》を呼び出した。

僕と屍人将軍《ゾンビジェネラル》で一緒に攻めてみよう。

「なんだ、まだ生きていたか」

ラザロスはサスケを見て苛立たしげに言う。

次に、隣にいた僕と屍人将軍《ゾンビジェネラル》にも目を向けた。

すると彼は驚きの表情を浮かべて口を開いた。

「アルノルド？　……ジン、貴様、その杖の効果でこやつを従えているのか？」

「ん、屍人将軍《ゾンビジェネラル》のことを言っているのか？　まあ、そうだな」

「……余の重要な駒《こま》を奪うとは許しがたい。貴様は必ず殺してやる！」

ラザロスは突然激昂すると、杖を強く握りしめて地面に突き刺した。

すると、僕を中心とした地面一帯が闇に覆われる。

先ほどまであったはずの地面がどこにもない。

気づくと、僕の体は少しずつその闇に吸い込まれていた。

な、なんじゃこりゃ!?　体がどんどん闇の中に沈んでいく。まるで底なし沼のようだ。

やばいぞ、これ!?

どうしようとあれこれ頭を回転させていると、屍人将軍《ゾンビジェネラル》が「カァ！」と叫び、大剣を闇に突き刺した。

すると一瞬でその闇はかき消えた。

今の魔法、幻覚だったのか!?

そんな対策していなかったし、【魔法障壁《マジックバリア》】も一切反応していなかった。

屍人将軍《ゾンビジェネラル》がいなきゃ終わっていたかもな……

「チッ、ならこちらも貴様の駒を奪ってやる！　【死者復活《リバイブアンデッド》】！」

今度はラザロスの体から濃厚な魔素が外に流れ出て、霧散した。

するとデメテルが指揮する戦場で、次々と敵のアンデッドが息を吹き返しはじめた。

アンデッドを復活するスキルか。マズいな。

彼女達が最後の力を振り絞ることで、なんとか数を減らしていた状況だ。

これ以上戦いを続けるのは、さすがに彼女達の体力も気力も持たないだろう。

早くラザロスを倒さないと、味方に被害が出てしまう。

だが、今やつが使った【死者復活《リバイブアンデッド》】とかいうスキル。

かなり厄介だけど、随分魔素を消費していたようだった。

ちょっと弱体化したんじゃないか。そう考えれば、今がチャンスとも言える。

おそらく、ラザロスの手の内はほとんど見ることができたはず。そろそろ僕のターンだな。

不死者の杖を地面に突き刺し、指をパチンと鳴らす。

すると、ラザロスの真上に直径十メートルを超える巨大な岩石が現れ、やつを押し潰そうとする。

「な、何!?」

ラザロスはすぐさま杖をトンッとつくと、頭上に生み出した螺旋の炎をぶつけることで魔法を相殺した。

「き、貴様も上級魔法を使えたのか⁉」

「まあな」

完全に嘘《うそ》だ。こいつの魔法を真似しただけ。

だが、そんなブラフにラザロスは愕然《がくぜん》としている。

立て続けに僕は指を二回鳴らした。

ラザロスの足元に漆黒の闇が広がる。同時に僕の眼前で巨大な風の刃が爆風を纏い、やつに襲いかかった。

ラザロスは「ハァ！」と叫んで杖をつき、闇をかき消す。そして目の前に迫る風刃は、【身体強化】を発動して宙に飛び上がって避けた。

僕はこのタイミングを逃さない。

再び指をパチンと鳴らすと、螺旋の炎を作り出し、ラザロスを狙う。

やつは炎の渦をもろに受けて地面に落下した。

「な、なんだ⁉　なんなんだ貴様は⁉」

どうやら僕の連続魔法に驚いたようだ。ラザロスの【魔法障壁《マジックバリア》】には亀裂が入っているものの、それほどダメージは負っていないらしい。

やはり上級魔法で倒すのは難しいか。

今度はラザロスが反撃してくる。

杖を地面に二度つくと、やつの周囲に発生した強力な冷気が地を走り、僕の足を縛りつけた。続けて、上空から勢いよく巨大な岩石が落ちてくる。

僕は真銀《ミスリル》の剣に【魔法付与《マジックエンチャント》】で炎魔法をかけ、足に絡みつく氷を取り除いた。

しかし、岩石はもう頭上に迫っていて、避けることができない。

ドガァァァアンン‼

轟音が鳴り響く。

「くはははっ‼　余の魔法をまともにくらいおったぞ、バカめ！」

しかし、真っ二つに割れた岩石と微動だにせず立ち尽くす僕を見て、ラザロスが絶句する。

「はっはっはっ！　お前の魔法など、僕に届くことはないと知れ！」

「何⁉」

やっぱり【魔法障壁《マジックバリア》Lv３】なら、上級魔法だろうとほぼダメージを受けないらしい。

「ならば、これはどうだ！」

魔法は効き目が薄いと悟ったのか、ラザロスは何やらスキルを発動した。

すると、突如僕の視界が暗転する。

次の瞬間、僕は真っ暗闇の世界で複数の死神に囲まれていた。

へえ、まだ奥の手を持っていたのか。

転移、じゃないな。こんなおかしな空間、現実世界に存在しないだろう。

僕の意識だけを、この仮想空間に引き摺り込んだってところか。

そんなことを考えていると、死神が鎌を振りかぶり、一斉に近づいてきた。

【聖浄光《ホーリーライト》】」

僕の全身から眩い光が放たれ、死神に襲いかかる。すると彼らは呆気なく霧散し、暗闇が晴れた。

「デ、【即死《デス》】が効かないだと？」

ラザロスは驚愕の色を浮かべて呟く。

ほう、今のが【即死《デス》】か。こいつの必殺技なのか？

僕も持っているけど、何かやばそうなスキルだから封印していたんだ。でも、こいつには使ってもいいかもな。

「……貴様が強いのは確かなようだ。余の攻撃はほとんど効果がない。だが貴様の攻撃も余には通らない。この均衡が続けば貴様の仲間はどうなるかな？　死んだ者から次々と余の駒にしていってやろう、くはははっ！」

なるほど、確かにその通りだ。だが、そんな言葉で僕は動揺しない。

お前に攻撃するのが僕だけとは限らないぞ。

「屍人将軍《ゾンビジェネラル》！　やつを攻撃しろ！」

屍人将軍《ゾンビジェネラル》は瞬時にラザロスの方向へ飛び上がり、やつに向けて無数の斬撃を放った。

「な、なんだそれは⁉」

初めて見る技だからだろう。ラザロスが愕然としている。

そして、やつは斬撃を避けるべく、急いで上空へと飛び上がった。

――ここだ。

僕は指をパチンと鳴らすと、空中で身動きの取れないラザロスの背後に、サスケを転移させた。

自分の出番を今か今かと待ち構えていたサスケの顔は、喜悦《きえつ》に満ちている。

すぐさま鋭利《えいり》な爪を剥き出しにすると、そこからドス黒い煙が立ち上った。

サスケはその爪をラザロスの背中に突き立てた。

ラザロスは【物理障壁《フォースバリア》】を発動してその攻撃を止めようとするが、破壊の力を秘めた鋭利な爪が障壁を押し破る。

そしてそのまま、ラザロスの体にグサリと突き刺さった。

「ギャァアアア!!」

ラザロスは力なく空から落下する。

サスケは体勢を崩すことなく着地すると、ニコッと僕に微笑みかける。余裕だね!?

爪から出ていたあの煙、僕の【悪息《ヴェノムブレス》】と同じものか。

あんな強力な技を習得しているとは、驚きだ。

「い、今のは【転移《トランスファー》】……！　なぜ貴様がその魔法を使える？　詠唱も術式も秘匿《ひとく》されているのだぞ!?」

「そうなんだ。お前んとこのアジトに残っていた魔法陣で、勉強させてもらったよ」

「バカな！　そんなことできるわけがない！　【転移《トランスファー》】は上級魔法の中でも最高難易度の戦略級魔法だぞ！」

……そうなの？　単に難しく考えすぎているだけだと思うけど……

まあ、やつの度肝《どぎも》を抜いた今がチャンスだ！

僕は愕然《がくぜん》としているラザロスに手のひらを向けると、【即死《デス》】を発動した。

仮想的な暗闇の空間にやつの意識を引き摺り込む。

そこには十体の死神がやつの首を狩ろうと待ち構えている。

「今度は【即死《デス》】だと⁉」

ラザロスは驚愕して叫ぶ。そして迫り来る死神に向けて、必死に魔法を連発した。

「どうだ！　必殺のスキルを抜けてきたぞ！」

しかし、すぐさま異変に気づき、その顔がさらなる驚きに歪む。

「……な、何⁉」

どうせ【即死《デス》】なんて効かないと思っていたから、やつの足を上級氷魔法でガッチガチに固めておいたのだ。

僕は真銀《ミスリル》の剣に【聖浄光《ホーリーライト》】をかけ、身動きできないラザロスに武技を放った。

「や、やめ――」

「【聖閃斬《セイントスラッシュ》】！」

ガギィインン‼

やつの【物理障壁《フォースバリア》】と【魔法障壁《マジックバリア》】がまたしても攻撃を阻む。

「わ、わははは っ！　貴様の攻撃など通らないと言ったであろう！」

いや、今ちょっと焦っていたよな？

それにしてもこいつ、サスケの攻撃で状態異常を受けているはずなのに、なおこの強さとは。

もう、これをやるしかないな。

僕はラザロスと距離を取ると、真銀《ミスリル》の剣の中に螺旋状の炎の渦を発生させるイメージで、【魔法付与《マジックエンチャント》】を施した。

すると剣の刀身が、美しく輝く白銀からマグマのような赤へと染まっていく。

またその刀身を軸として、炎の渦が高速に回転しながら燃え上がった。

「なっ、なっ、なんだそれは⁉」

ラザロスが驚愕の表情で叫ぶ。

僕は指を鳴らして、やつの正面に一瞬で転移した。

「【烈業火炎斬《フレアスラッシュ》】！」

爆炎を纏う刃が閃く。

ラザロスはすぐさま【物理障壁《フォースバリア》】と【魔法障壁《マジックバリア》】を発動するが、超高熱の斬撃がその障壁を一気に破壊する。

斬撃がその体を砕き、続けて凶悪な炎の渦がやつの体を呑み込んだ。

「ギィイイヤヤヤァアァアアアア‼」

断末魔《だんまつま》の叫びが戦場に轟《とどろ》き、業火に包まれたまま、ラザロスはその場に崩れ落ちた。

バリィン！

上級魔法に耐えられなかった真銀《ミスリル》の剣が、音を立てて砕け散る。

やっぱりか。正直、この結果は予想できていた。

武器には等級があって、耐えられる魔法の等級もそれで決まるらしい。

真銀《ミスリル》の剣は上級魔法に耐えきれなかった。

ピラミッドの最上階で見つけて以来、ずっと一緒に戦ってきた相棒みたいなものだから、少し寂しい。

でもラザロスを倒すためにはどうしても必要だったから、仕方ない。

いつか修復できるかもしれないので、剣のかけらは全て集めて、【収納】に入れておいた。

炎が消え、燃え殻のようになったラザロスに話しかける。

「お前がまだ生きているのは分かっている。聞きたいことがあるんだ。起きてくれ」

「……ふん、別に死んだふりをしているつもりはない。体が言うことを聞かないだけだ」

そう返事をすると、ラザロスは杖で体を支えながら、ふらふらと立ち上がった。

「……ぐっ！」

頭痛でもするらしい。ラザロスは骨が剥き出しの白い手で頭を押さえる。

しばらくして、やつが口を開いた。

「……待たせたな。よくぞ俺を倒した」

……俺？　さっきは余とか偉ぶっていたのに、突然別人になったみたいだな。

「……最後の攻撃、あれはなんだ？」

「ああ、武器に魔法を付与した攻撃だよ」

「ま、魔法を付与しただと？　そのようなこと、できるわけがない！」

「いやいや、できるからこうしてお前はやられたんだ。なんでもできないできないって、難しく考えすぎなんだよ、お前」

「難しく考えすぎだと？　……そうか。お前は転生者だったな。強力なスキルに上級魔法、そして高度な武技。なんという出鱈目《でたらめ》なやつだ」

ラザロスはしばし愕然としていたが、やがて何か納得した表情になる。

「俺の復讐もここまでか……まさかお前のようなやつが現れるとはな。しかし、この樹海にはまだ瘴気の沼がある。いつか再び俺みたいな魔物が生まれるぞ？」

「え、あの沼のこと？　あれなら浄化したけど？」

「な、なんだと!?　まさか、あのフェンリルでさえも不可能だったのだぞ……？　いや、逆に瘴気に蝕まれて死にかけていたはず。それをお前が……？」

今までで一番驚いているな。ところで、フェンリルってファンタジーによく出てくるあのフェンリルか？　この世界にもいるんだな。

「……とんでもない化け物がいたものだ。魔王になるというのも、あながちハッタリではないらしい。この男ならいずれあの国も滅ぼす、か」

ラザロスは先ほどから、何やら訳の分からないことをぶつぶつ呟いている。

「俺の命ももう長くはない。聞きたいことがあるなら早く聞くがいい」

お前から質問してきたんだが!?

まあ、紳士である僕はこの程度じゃ怒らないが。

「ゾンビ化進行中の者を治したい。どうすればいい？　あと、すでにゾンビ化している者は治せないのか？」

「……ふむ。まず前者だが、ゾンビ化進行中とは、死者が屍人《ゾンビ》になろうとしている段階だ。つまり、それをただ止めれば死者に戻るだけ。お前が言う『治す』とは、生前の人格を持ったアンデッドに種族変異させることだろう？」

確かに死者を屍人《ゾンビ》にしようとしているわけだから、治しても死者に逆戻りか。

「そうだな。それしかなさそうだ」

「俺が最初に作った屍粉《ゾンビパウダー》は、まさにそのような効果を持つ代物《しろもの》だった。その研究の成果から判断して、お前の言う『治す』を実現することは可能だろう。しかし今すぐには無理だ。ゾンビ化が進む者を『治す』研究はしていない」

「はぁ!?　お、お前、人を屍人《ゾンビ》に変えるだけ変えて、元に戻す方法を研究してないなんて、研究者としておかしいだろ!?」

ラザロスの言葉に愕然として、僕はたまらずそう叫んだ。

「お前のくだらない研究者像を押し付けるな。そのような研究をして、俺になんのメリットがある？　では後者だが――」

僕の気持ちなど意に介す様子もなく、ラザロスは機械的な説明を続ける。

「それは無理だ。現在の屍粉《ゾンビパウダー》で完全にゾンビ化した者はほとんどの知性を失うのだ。失ったものを元に戻すことはできん」

……こいつ、何を平気な顔して言ってやがるんだ？

これだけの人や魔物を殺しておいて……ふざけている。理解できない。

いや、こいつのことを理解する必要なんてない。

それよりも、ゾンビ化が進む者を『治す』治療薬の研究だ。

こいつはもう死ぬから、研究を続けさせることはできない。どうする？

「おい、お前以外の者に研究させたら治療薬の開発にどれくらいかかる？」

「正確に分からないが、妖精族《フェアリー》の協力を得たとして、俺でも十年はかかるだろう」

な、何……ずっと研究していたこいつで十年？

別の研究者ならもっと時間がかかるってことか……？

僕は視界がグニャリと歪むような感覚に陥る。

バカを言うな。そんな時間、待てるわけがない。

あの泣き叫んでいた馬人族《ウェアホース》の家族が、地下に監禁されて苦しむ父親を見ながら十年も待つなんて、できるわけがない……

どうやら僕の体までもがフラついていたらしい。

いつの間にか、サスケが隣で僕を支えてくれていた。

「ジン様。こいつはもう殺しましょう」

サスケが僕に提案した。

……そうだな。こいつはもう何の役にも立たない。殺そう。

「あぁ、そうしよ――」

僕がサスケに同意しようとすると、ラザロスが慌てて何やら喋り出した。

「こ、ここに屍粉《ゾンビパウダー》と研究所の鍵がある！　これをお前に託《たく》そう！　だから一つ、願いを聞いてくれないか!?　アルノルドの手で最期を迎えたいのだ!!」

そう言って、ラザロスは地面に膝をつき、僕に懇願《こんがん》する。

は？　なんでこいつが僕に取引を持ちかけているんだ？

意味が分からない。

僕は指を鳴らし、【転移《トランスファー》】でラザロスの手にあった屍粉《ゾンビパウダー》と研究所の鍵を奪い取った。

「な……!?」

やつは驚愕と絶望が入り混じったような表情を浮かべる。

「サスケ、頼んだ」

「はっ」

サスケが鋭利な爪を剥き出しにして、ラザロスの方へ歩みを進めた。

もう観念したのか、ラザロスは身動《みじろ》ぎもせずにただ俯《うつむ》いている。

すると、僕とサスケの前になぜか屍人将軍《ゾンビジェネラル》が現れ、膝をついて頭《こうべ》を垂れた。

どういうつもりだ？

「貴様！　そこをどけぇ！」

サスケが激昂して叫ぶ。

しかし、屍人将軍《ゾンビジェネラル》はさらに深く頭《こうべ》を垂れる。

「ア、アルノルド……？」

ラザロスは驚愕して屍人将軍《ゾンビジェネラル》を見つめている。

はぁ。正直、誰がこいつを殺そうがどうでもいいんだ。

「屍人将軍《ゾンビジェネラル》、早くそいつを殺してくれ」

僕が指示すると、サスケは屍人将軍《ゾンビジェネラル》を睨みつけながらも僕の隣まで下がった。

屍人将軍《ゾンビジェネラル》はすぐに立ち上がり、跪くラザロスのもとへ向かう。

そして、巨大な剣を上段に構えた。

「……アルノルド。お前には迷惑ばかりかけて、本当にすまなかった。そしてありがとう……」

ラザロスが何やら言い終わると、屍人将軍《ゾンビジェネラル》が剣を振り下ろす。

紫電一閃《しでんいっせん》。

大剣がラザロスの首を刎ね飛ばす。これでやつは永遠にこの世を去った。

だがそんなことはもはやどうでもいい。

これからいったいどうすればいい？

仮に不死者の杖でラザロスを復活させても、治療薬を作るのに最低十年はかかる。

……こんな時こそ、トトがいてくれればな。

エピローグ　進化の先へ

リッチの骸《むくろ》から大量の魔素が抜け、僕に吸収される。それだけでなく、戦場のあちこちからも魔素が集まり、僕の体に入り込む。

どうやらラザロスが【死者復活《リバイブアンデッド》】に使用した魔素もこちらに集まってきているらしい。

大量に復活したアンデッドの気配が全て消えている。

すると突然、僕の頭の中にアナウンスの声が聞こえた。

〔魔素が種族の限界値に到達しました。種族進化します〕

……種族進化？　そんなものしてどうなる。

デメテルに治せるかも知れないなんて偉そうなことを言ったのに、このざまだ。

馬人族《ウェアホース》の家族にはなんて謝ればいい？

樹海の住民にも同じことを伝えたよな。

彼らにも合わせる顔がない。

〔吸血鬼《ヴァンパイア》に進化しました〕

生まれてこの方、ここまで自分の無力さを感じたことはない。

強いだのなんだの言われたって、自分ができることなんて何もない。

考えてみたら、トトとの約束だって守れていないじゃないか。

いずれ【初期指導《チュートリアル》】を変化させてみせるなんて言ったのに、いつになったらできるんだ？

やっぱり、僕には何も成し遂げられないのか。前世から全く変わらないな。

………いや、それじゃダメだろ。

この世界に来たからには、やりたいことはやる。成し遂げたいことは成し遂げる。でなきゃ異世界に転生した意味がない。

きっと、これから事情を説明したら、仲間には失望されるだろう。

治療薬の開発にどれだけ時間がかかるかも分からない。

でも、僕はやらなくてはならない。

誰のためでもない、自分自身のために。

〔昇格条件のクリアを確認。存在が魔王へと昇格しました〕

……え？　魔王？

〔昇格報酬を授与しました〕

さっきからなんのことを言っているんだ？

《……ター》

……ん、何か聞こえたか？

《マスター》

……こ、この声は⁉

《トトでございます。大変ご無沙汰しておりました》

それは、まさしくピラミッドで僕を導いてくれた、【初期指導《チュートリアル》】の声だった。

（な、なんで⁉）

《はい。マスターが魔王という存在へと昇格したことで、マスターの願いと私の願いが叶えられ、【初期指導《チュートリアル》】が進化したようです。その結果、私がこうして再び機能するようになりました》

（魔王？　僕が……？　いや、そんなことより、また君に会えて本当に嬉しい！）

《こちらこそ、嬉しい限りでございます。マスターは約束を果たしてくださいました。次は私がお役に立つ番です。早速ですが、まずは進化後のステータスをご覧ください》

名前：ジン（転生者・魔王）　種族：吸血鬼《ヴァンパイア》　総合評価値：23070

体力：1203（＋300）　魔力：1491（＋300）

筋力：1382（＋300）　知力：1551（＋300）

素早さ：871（＋300）　器用さ：810（＋300）

運：1122（＋300）

共通《コモン》スキル：中期指導《チュートリアル》（トト）Lv3　言語理解Lv3　鑑定Lv5　収納Lv3　罠探知Lv3

全属性耐性《ぜんぞくせいたいせい》Lv3　痛痒耐性《つうようたいせい》Lv3　精神耐性《せいしんたいせい》Lv3　呪怨耐性Lv3　魔法Lv4
剣術Lv4　身体強化Lv3　物理障壁《フォースバリア》Lv3　気配察知Lv3　魔法障壁《マジックバリア》Lv4
魔法制御Lv4　魔法付与《マジックエンチャント》Lv4

種族《スピーシーズ》スキル：不死《アンデッド》Lv3　悪食《ビザールフード》Lv3　再生Lv3　悪息《ヴェノムブレス》Lv3　状態異常耐性《じょうたいいじょうたいせい》Lv3
暗視Lv3　使役Lv3　生命吸収《ドレインタッチ》Lv3　即死《デス》Lv3　命名Lv3　眷属化《けんぞくか》Lv3
眷属召喚《けんぞくしょうかん》Lv3　隷属化《れいぞくか》Lv3　変身《メタモルフォーゼ》Lv3　死者復活《リバイブアンデッド》Lv3　死者修復《リペアアンデッド》Lv3
悪魔召喚《サモンデーモン》Lv3

武技：死突《デススタブ》　死舞《ロンド》　閃斬《スラッシュ》　聖光突き《セイントトラスト》　聖閃斬《セイントスラッシュ》　黒閃斬《ヴェノムスラッシュ》　烈業火炎斬《フレアスラッシュ》

初級魔法：火球《ファイアボール》　水弾《ウォータバレッド》　風刃《ウィンドカッター》　岩槍《ロックランス》　小回復《ヒール》　闇霧《シャドウミスト》

中級魔法：烈火球《バーストファイア》　大氷柱《アイシクル》　旋風刃《ウォルウィンド》　大地牙《アーススパイク》　聖浄光《ホーリーライト》　重力球《グラビティボール》　大回復《ハイヒール》　炎熱嵐《ファイアストーム》　聖光嵐《ホワイトウィンド》

上級魔法：烈業火炎《バーストフレア》　氷結世界《フローズンワールド》　大爆風波《ブラストウェイブ》　落下彗星《コメット》　深淵導穴《アビスゲート》　転移《トランスファー》

加護：不死の僧正《アンデッドビショップ》

装備：死霊《レイス》のローブ　砂漠《さばく》の民《たみ》の貫頭衣《かんとうい》　砂漠《さばく》の民《たみ》の下服《ズボン》　砂漠《さばく》の民《たみ》のブーツ
砂漠《さばく》の民《たみ》の手袋《てぶくろ》

ふむ。たしかに魔王っていう記載があるな。あとは種族が変わってステータスが上がり、スキルも増えているようだ。
《種族進化で新しく習得したスキルの中に【眷属化】があります。このスキルは、死者以外の者をアンデッドに種族変異させ、配下にするものです。この性質を利用し、ゾンビ化進行中の者を種族変異させることができるはずです》
（ほ、本当に!?　でも、アンデッドにするスキルなんだから、アンデッド相手には使えないんじゃ……？）
《いえ、ゾンビ化進行中の者はまだ完全なアンデッドではありません。さらに、死者でもないという、曖昧な存在です。【眷属化】の効果に、そういった存在を眷属にできないという説明はございません》
（……お、おう。なんだかスキルの抜け穴を突いているみたいな感覚だ……でも、配下にしてしまうのも、それはそれで問題があるんじゃないかな……？）
《【眷属化】も【使役】と同様契約ですので、相手の了承がなければ眷属にできません。つまり、

彼ら自身の意思が尊重されるのです》

（そっか。なら問題なさそうだな！）

まずはあそこで苦しそうにしている屍竜《ドラゴンゾンビ》に使ってみるか。

屍竜《ドラゴンゾンビ》は息《ブレス》が吐けないように口輪がされていた。

口からは涎を垂れ流し、時々「グルルルルッ！」という呻《うめ》き声《ごえ》を発していた。

ただなぜか、僕が近寄ると怯えた目になり、全身をカタカタと震わせた。

……多分ゾンビ化の進行で苦しくてカタカタしているんだろう。きっとそうだ。

早速【眷属化】を使ってみた。

すると屍竜《ドラゴンゾンビ》は物凄いスピードで首を縦に振る。

ええ……返事早っ。

《眷属化に応じるようです。契約が成立しました》

見る見るうちに、屍竜《ドラゴンゾンビ》の皮膚が腐敗した紫色から美しい水色へと変わっていく。同時に、爛《ただ》れた皮膚が修復され、剥がれ落ちていた鱗も修復される。屍人将軍《ゾンビジェネラル》と僕で切り落とした翼も元通りになった。

【鑑定】してみると、このように変わっている。

〔種族：青竜《ブルードラゴン》（幼体、亜種、アンデッド化）〕

（お、良い感じ。ゾンビ化の解除に成功したみたいだね？）

《はい。そのようです》

ドラゴンの変化はまだ終わっていなかった。

今度は元々巨体だったのがさらに巨大化し、体を縛り付けていた木の幹や枝をブチブチと引きちぎっていく。

「グウォォォオオオ!!」

ドラゴンは全身が自由になると、空に向けて歓喜の雄叫《おたけ》びを上げた。

竜の咆哮、かっけぇ!

以前よりも巨大化したのは眷属化の影響なのかな?

感動して見ているると、ふとドラゴンと目が合った。

すると、ドラゴンの目にまた怯えが戻り、全身をカタカタと震わせながら、僕の目線まで頭を下げてくる。

「あ、あのぅ……」

しゃ、喋った!? それも少女のような声だ。

「た、助けてくださり、ありがとうございますっ! 私はこれからどうなるんでしょう? やっぱり殺されるんでしょうか?」

「な、なんで!?」

「さっきもあなたに殺されそうになったので……」

暴れるから拘束しようとしただけなのに、そういう風に思われていたのか……

「ごめん! そんなつもりはなかったんだ……き、君も攻撃してきたんだし、過去のことは水に流そうじゃないか！」

「は、はい！　分かりました！　……では、私はこれからどうすればいいでしょう？」

「え？　いやもう生きたいように生きていいよ？　眷属になっちゃっているけど、あんまり気にしないでくれ！」

眷属にしたのはゾンビ化を止めたいだけであって、配下にしたいわけではないからな。

しかし、ドラゴンはどこか納得がいかない様子だ。

「ええ……」

「どこから来たのか知らないけど、そこに戻ってもいいしね」

「そ、それは、できません……」

「……なんで？」

「元々私は他のドラゴンと共に樹海の中部高地に棲んでいました。ですがドラゴンは誇り高い種族なので、人族の冒険者に負けた私がその場所に戻ることは許されないんです」

ドラゴンって樹海に棲んでいたんだね……やっぱり怖いな、樹海。

でも人族に負けたって、どういうことだ？

「君はラザロスに殺されたんじゃないの？」

「いいえ、屍術王《ネクロマスター》には、屍人《ゾンビ》にされそうになっただけです」

つまりラザロスは、この子の死体を見つけてゾンビ化しようとしただけだったのか。

「じゃあ、僕達と一緒に暮らす？　また樹海が棲処《すみか》になるけど」

「い、いいんですかっ⁉」

「もちろんさ！」

正直、このドラゴンの【眷属化】は実験の側面が強かった。

実験で眷属にしておいてダメなんて言えるわけがない。

「ただ、ちょっと家は狭いから、外で寝てもらうかも？」

「だ、大丈夫ですっ！　体は強い方なので！」

おう、逞《たくま》しいねぇ！

「ちなみに、小さくもなれますっ！」

そう言うと、ドラゴンは体高一メートル程まで体を縮小してみせてくれる。

すごっ！　そしてかわいい！

「そっか。なら君の家も用意しよう。じゃあ僕はまだやることがあるから、ちょっと待っていてくれ」

僕はドラゴンにそう言うと、次にイルモを拘束している妖精族《フェアリー》達のところへ向かった。

「遅くなってごめんね」

僕は妖精族《フェアリー》の代表アーロに向かって言う。

「ジン様！　この度は屍術王《ネクロマスター》の打倒、まことにおめでとうございます！　そして、私達を救っていただき、本当にありがとうございます！」

「えっ？　あっ、ああ」

そういえば、ラザロスを倒したんだった。みんなに言うのを忘れていたな。

するど、後ろから凄い数の足音が聞こえてくる。

「「ジン様――――！」」

振り返ると、デメテル達がこちらに駆けてきていた。

みんな無事みたいで良かった。それに、喜びに満ちた顔をしている。

「彼らには屍術王《ネクロマスター》に勝利した旨を伝えておきました」

僕の目の前にスッと姿を現わすサスケ。

さすが忍者。やるべきことが分かっている。

……あれ、なんかサスケの雰囲気がいつもと違うような。

「ありがとう。サスケ、何か変わった？」

「はっ。まずはジン様が種族進化なされたこと、心からお祝い申し上げます。その影響からか、我々もまた上鼠人《ハイウェアラット》へと種族進化いたしました」

ほう。確かに見た目が前よりもちょっと洗練された雰囲気になっているな。

肌とか髪とかツヤツヤだし、顔も少し高貴な感じになった気がする。

それに、魔素量が相当増えており、抑え切れないのか、体の外に漏れ出ている。

おっと、妖精族《フェアリー》との話の途中だった。

「それで、アーロ。イルモの件なんだけど……ゾンビ化の進行を止める方法が――」

「サスケ殿から伺っております。どうかイルモをジン様の眷属にしてやっていただけませんか？」

ふむ。じゃあやってみるか。

イルモに【眷属化】スキルを発動する。

《……眷属化に応じるようです。契約が成立しました》

すると、それまで苦しそうだったイルモの表情が和《やわ》らいだ。

傷ついた体も修復されていくのが分かる。

目を閉じてすやすや眠っている。上手くいったようだな。

後は残りのゾンビ化進行中の者達の中で、眷属になってもいいという者達を治していけばいいか。

(トト、今回も君に助けられちゃったね)

《マスターのお役に立つのが私の使命。当然でございます》

(ふふっ、君は変わってないな。これからもよろしく頼むよ)

《はい。こちらこそよろしくお願いいたします》

「ジン様」

デメテルの声だ。振り向くと、彼女だけでなく樹海の住民が勢揃いしていた。

「樹海の民を代表して、私デメテルがジン様に最大級の感謝をお伝えいたしますわ。樹海を救っていただき、本当にありがとうございます」

デメテルがそう言って深く頭を下げる。すると、他の者達も一斉にそれに倣った。

「いや、僕の力だけじゃない。みんなの頑張りがあってこそだ。こちらこそありがとう」

僕も彼らに心から礼を言う。

やっと樹海から脅威が去ったことだし、これからは自由に生活ができる。

今はテント暮らしだから、そのうちちゃんとした家を造ろう。

みんなで住むなら、村を建設した方がいいかな。

馬人族《ウェアホース》が作る野菜は絶品だから、必ず大量生産して売り捌《さば》こう。

真銀《ミスリル》鉱窟にはまだまだ真銀《ミスリル》があるから、仲間の装備も充実させられる。

暇があればアヌビスと散歩しつつ、樹海の探検も進めたい。

そういえば、ハムモンが遊びに来るって言っていた。

彼を歓迎する準備もしなくちゃ。

「みんな、そろそろ帰ろうか！」

「「「はいっ!!」」」

僕が呼びかけると、デメテルと従者達が笑顔を見せた。

任務を終えた鼠人族《ウェアラット》達は、誇らしげな顔で跪いている。

そしてその後ろには、樹海の仲間達の姿。

僕は樹海の外には気軽に出られない日陰者だけど、彼らがいてくれれば、これからも楽しくやっていけそうだ。

The Record by an Old Guy in the world of Virtual Reality Massively Multiplayer Online
とあるおっさんのVRMMO活動記
1~28
椎名ほわほわ
Shiina Howahowa
アルファポリス 第6回 ファンタジー小説大賞 読者賞受賞作!!
累計180万部突破の大人気作
(電子含む)
TVアニメ
2023年10月2日より放送開始!
TOKYO MX・BS11ほか
コミックス 1~11巻 好評発売中!
超自由度を誇る新型VRMMO「ワンモア・フリーライフ・オンライン」の世界にログインした、フツーのゲーム好き会社員・田中大地《たなかだいち》。モンスター退治に全力で挑むもよし、気ままに冒険するもよしのその世界で彼が選んだのは、使えないと評判のスキルを究める地味プレイだった!
——冴えないおっさん、VRMMOファンタジーで今日も我が道を行く!
1~28巻 好評発売中!
各定価:1320円(10%税込) illustration:ヤマーダ
現実じゃ冴えないおっさんが 料理生産から冒険まで VRMMOで大活躍!!
漫 画:六堂秀哉 B6判
各定価:748円(10%税込)
アルファポリスHPにて大好評連載中!
アルファポリス 漫画
検索

月が導く異世界道中
Tsukiga Michibiku Isekai Dochu
あずみ圭
Azumi Kei
1~18
8.5
シリーズ累計
350万部
(電子含む)
の超人気作!
TVアニメ 第2期
2024年1月から
2クール
放送決定
月が導く異世界道中
あずみ圭
薄幸系男子の
成り上がり
ファンタジー、
開幕!
なんでだろう
親の都合で
異世界へ
第5回アルファポリスファンタジー小説大賞 読者賞受賞作!
待望の書籍化!
異世界へと召喚された平凡な高校生、深澄真。彼は女神に「顔が不細工」と罵られ、問答無用で最果ての荒野に飛ばされてしまう。人の温もりを求めて彷徨う真だが、仲間になった美女達は、元竜と元蜘蛛!? とことん不運、されどチートな真の異世界珍道中が始まった!
2期までに
原作シリーズもチェック!
●各定価：1320円(10%税込)
●illustration：マツモトミツアキ
1~18巻好評発売中!!
月が導く異世界道中
1
あずみ圭
木野コトラ
とことん不運、されどチート!
漫画：木野コトラ
●各定価：748円(10%税込) ●B6
コミックス1~12巻好評発売

この作品に対する皆様のご意見・ご感想をお待ちしております。

おハガキ・お手紙は以下の宛先にお送りください。

【宛先】

〒150-6008 東京都渋谷区恵比寿 4-20-3 恵比寿ガーデンプレイスタワー 8F
（株）アルファポリス　書籍感想係

メールフォームでのご意見・ご感想は右のＱＲコードから、
あるいは以下のワードで検索をかけてください。

アルファポリス　書籍の感想　検索

ご感想はこちらから

本書はWebサイト「アルファポリス」(https://www.alphapolis.co.jp/)に投稿されたものを、改題、改稿、加筆のうえ、書籍化したものです。

アンデッドに転生《てんせい》したので日陰《ひかげ》から異世界《いせかい》を攻略《こうりゃく》します２
～不死者《ふししゃ》だけど楽しい異世界《いせかい》ライフを送《おく》っていいですか？～

深海 生（ふかみせい）

2023年 9月 30日初版発行

編集－仙波邦彦・宮坂剛
編集長－太田鉄平
発行者－梶本雄介
発行所－株式会社アルファポリス
〒150-6008 東京都渋谷区恵比寿4-20-3 恵比寿ガーデンプレイスタワー8F
TEL 03-6277-1601（営業） 03-6277-1602（編集）
URL https://www.alphapolis.co.jp/
発売元－株式会社星雲社（共同出版社・流通責任出版社）
〒112-0005東京都文京区水道1-3-30
TEL 03-3868-3275
装丁・本文イラスト－木々 ゆうき
装丁デザイン－AFTERGLOW
印刷－図書印刷株式会社

価格はカバーに表示されてあります。

落丁乱丁の場合はアルファポリスまでご連絡ください。

送料は小社負担でお取り替えします。


ISBN978-4-434-32651-6 C0093